Hanno Beck / Juliane Schwoch

DAS RÄTSEL VOM FLUSS

Von leeren Kornkammern, gefährlichen Geschäften
und der Wasserratte, die baden ging

Hanno Beck / Juliane Schwoch

DAS RÄTSEL VOM FLUSS

Von leeren Kornkammern, gefährlichen Geschäften und der Wasserratte, die baden ging

Ein Wirtschaftsmärchenbuch nicht nur für Kinder

Frankfurter Allgemeine Buch

Bibliografische Information der Deutschen Nationalbibliothek
Die Deutsche Nationalbibliothek verzeichnet diese Publikation in der Deutschen Nationalbibliografie; detaillierte bibliografische Daten sind im Internet über http://dnb.d-nb.de abrufbar.

Hanno Beck / Juliane Schwoch

Das Rätsel vom Fluss
Von leeren Kornkammern, gefährlichen Geschäften und der Wasserratte, die baden ging

Frankfurter Societäts-Medien GmbH
Frankenallee 71 – 81
60327 Frankfurt am Main
Geschäftsführung: Hans Homrighausen

Frankfurt am Main 2014

ISBN 978-3-95601-057-6

Frankfurter Allgemeine Buch

Umschlagsgestaltung
Anja Desch, F.A.Z.-Institut für Management-, Markt- und Medieninformationen GmbH, 60327 Frankfurt am Main

Satz
Anja Desch

Illustrationen / Titelbild
Karsten Schreurs, GROBI Grafik & Illustration, www.grobi-grafik.de

Druck
CPI Moravia Books s.r.o., Brněnská 1024, CZ-691 23 Pohořelice

Printed in EU

INHALT

1. Kapitel
Es steht schlecht

„Beim großen Sumpfmann und seinen grünen Töchtern!“ König Seidenpfote riss ungläubig die Augen auf, schloss sie, öffnete sie langsam wieder, nur um sie erneut zu schließen. Er musste sich zwingen hinzusehen: Es blieb dabei, der Boden vor ihm war leer.

Fassungslos blickte der junge König, ein prachtvoller Otter mit glänzendem Fell – na ja, normalerweise glänzte es, in diesem Moment war es ganz stumpf geworden –, auf den leeren Boden der Kornkammer des Flussreiches. Dort, wo einst bergeweise Vorräte gelagert hatten, glitzerte nur hier und dort ein Staubkörnchen. Der Rest war Leere.

Die Kornkammer war ein riesiger Bau und stammte aus den Zeiten des ersten Königs des Flussreiches, dem Ur-Ur-Ur-Ur-Uropa von Seidenpfote. Oder war es sogar der Ur-Ur-Ur-Ur-Ur-Uropa gewesen? Egal, sie war also alt, sehr alt. Ur-ur-ur-ur-ur-alt. Oder ur-ur-ur-ur-ur-ur-alt. Gemauert aus roten Lehmziegeln. Sonnenlicht schien durch die Fenster ganz oben in die Halle und brachte ihr Rot zum Glühen. Das sah wunderschön aus. Normalerweise.

Und richtig sicher war die Kornkammer. Normalerweise. Seidenpfotes Vorfahren hatten sie auf einem Hügel ein Stückchen entfernt vom Fluss gebaut. Die Lage und das Mauerwerk schützten sie vor Hochwasser und vor allem vor Eindringlingen. Denn so schön der Bau war – sein Nutzen war noch viel besser: Hier wurden die Vorräte des gesamten Flussreiches gelagert. Jedes Jahr am Ende der Erntezeit, im Herbst, brachten die Tiere einen kleinen Teil ihrer Ernte als reguläre Abgabe sowie ihre überschüssigen Wasserlinsen, Flussgerste und was es sonst noch gab in die Kornkammer, damit es der König für schlechte Zeiten lagerte. Es war sozusagen der Notgroschen des Reiches. Außerdem wurden von diesen Vorräten die Tiere, die nicht auf den Feldern arbeiten konnten, für ihre Arbeit entlohnt, wie zum Beispiel die Palastwachen. Sie schützten den König und das Reich, tagein, tagaus, das ganze Jahr hindurch. Sie hatten keine Zeit, selbst ihre Flussgerste anzubauen. Aber auch sie mussten essen.

Oder die Möwen der königlichen Luftpost: Sie flogen mit ihren Beuteln voller Briefe und Päckchen unentwegt über das Land, das war anstrengend. Auch sie hatten abends großen Hunger. Also bekamen sie ihre Rationen aus der Kornkammer, und alle Tiere des Reiches waren damit sehr zufrieden.

Die Kammer hatte sich über die Jahre mehr und mehr gefüllt. Die Vorratsberge waren ein Zeichen des Wohlstands, in dem das Flussreich unter seinen Königen lebte. Sie waren seine Sicherheit. In guten Zeiten stapelten sich die Vorräte bis zur Decke, in großen Ballen zusammengeschnürt. Kaum, dass man noch durch die Tür kam. So prall gefüllt war die Vorratskammer. Normalerweise. Gut, in den vergangenen Monaten waren die Vorräte knapper geworden – es war irgendwie keine gute Zeit gewesen, aber genau für diese Zeiten dienten die Schätze der Vorratskammer als Schutz.

Kein Wunder, dass der König angesichts der jüngsten Schwierigkeiten im Land wieder einmal nachschauen wollte, wie es um die Vorräte stand, ob alles in Ordnung war, die Kammer trocken und kein Regenwasser eingedrungen war oder ob auch alle Dachziegel noch vorhanden waren. Wie immer lagerten die Ballen dick und prall bis zur Eingangstür. Aber – da war doch ... Irgendetwas stimmte nicht: Ein Ballen war verschoben worden. Schleifspuren am Boden verrieten dies. Und da: Der König erkannte einzelne Körner im Staub. Wo kamen die her? Es war doch alles immer gut verpackt. Doch nun lagen Körner in einer Reihe und zogen eine Spur. Tatsächlich. Der König folgte ihr. Sie führte ihn in die Kammer, um den verschobenen Ballen herum und dann sah er – nichts. Keine Ballen. Die Kammer war leer. Die Ballen an der Eingangstür waren nur eine Fassade: Am Eingang der Kornkammer bis zur Decke gestapelt, hatten sie den Eindruck erweckt, dass die Kornkammer voll war, doch hinter der ersten Reihe Ballen herrschte gähnende Leere.

„Diebe!“ Seidenpfote zitterte. Er stand mitten im Raum, wo nur noch der Staub auf dem blanken Boden von den Vorräten erzählte, die hier gelagert hatten.

„Beim großen Sumpfmann, seinen grünen Töchtern, allen giftigen Krötenwarzen, eingeschneckten Flusskrebsen und modrigen Blubberblasen ...“ Seidenpfote wurde schwindlig. Die eiserne Reserve für alle seine Untertanen war weg. Sicher, da waren noch die Ballen am Eingang, aber was war das schon für ein ganzes Reich? Wie lange könnten sie davon leben? Gerade jetzt war das ein Unglück, denn, wie gesagt, das Reich des Königs erlebte schlechte Zeiten.

Das war zu viel. Der junge Otter fiel mehr, als dass er sich setzte. Eine Staubwolke stob hoch und legte sich – sanft und fast mitleidvoll – auf das so berühmte seidene Fell des Königs. Sonnenlicht streifte die Staubkörner und entlockte ihnen ein trauriges Glitzern, während sie durch den Lichtstrahl tanzten. Seidenpfote kamen die Tränen. Ein König, der weinte? Doch, ein moderner König durfte das. Und Seidenpfote war ein sehr moderner König. Er durfte Gefühle zeigen, jawohl. Das machte ihn für seine Untertanen menschlicher, entschuldigt: tierischer. Schließlich war er ja der König der Tiere des Flussreiches – dem gerade eine dicke Otterträne über die Schnauze lief. Seinem Reich ging es schlecht, die Ernten waren gering, die Winter lang. Und nun das. Was sollte er tun? Wie sollte er seine Tiere retten?

Es raschelte neben ihm. Seidenpfote schaute auf. Ponzo, sein engster Berater, war eingetreten und trat neben den König. Seine kostbaren Gewänder raschelten über den Boden. Seidenpfote hatte Ponzos Neigung zu teurer Garderobe und seine Eitelkeit immer belächelt. Jetzt aber, im Angesicht der fast leeren Kammer und seiner Sorgen, ärgerte es ihn. Hatte sein Berater denn nichts Besseres zu tun, als an so einem Morgen in Brokat und Seide vor ihn zu treten? Seidenpfote drehte den Kopf weg. Er tat so, als würde er seine Stirnlocke richten, und wischte dabei unauffällig die Träne weg. Dann wandte er sich Ponzo zu und schaute ihm beinahe herausfordernd ins Gesicht. „Nun? Was sagt er dazu?“ Mit seiner Pfote wies er in den fast leeren Raum.

„Oooh, das ist ja FURCHTBAR!" Ponzo schien zutiefst erschüttert. „Was ist nur passiert? Was machen SEINE MAJESTÄT jetzt bloß?" Wie immer zog die Wasserratte – das war Ponzo nämlich – die Worte in die Länge. Seidenpfote schnaubte verächtlich. Seine Traurigkeit hatte sich in Zorn verwandelt. „Was ich jetzt mache? Was ICH jetzt mache? ER ist mein Berater. NUN, WAS RÄT ER MIR ALSO?"

Kein normaler Tag

Ponzo schaute erstaunt. „Mein König", setzte er an. Seidenpfote winkte ab. Er stand auf, klopfte den Staub aus seinem Fell und ging. Noch einmal drehte er sich um, schaute auf den leeren Boden, schüttelte das königliche Haupt und bog um die letzten Ballen. Ein Bild des Elends, dachte Ponzo. Er blickte sich mit einem unergründlichen Ausdruck im Rattengesicht um – und verschwand ebenfalls

Seidenpfote zog sich in den Thronsaal des Palastes zurück. Da Seidenpfote ja ein Otter war, wie alle Könige vor ihm, und Wasser liebte, lag es nahe, dass der Palast direkt am Fluss gebaut worden war. Das Besondere des Thronsaals war sein Strand. Jawohl: Der König hatte seinen eigenen Strand – mit Sand, Ufergras, Muscheln und Wasser. Ganz so, wie ein Strand sein sollte. Über eine Treppe lief man vom Thronsaal direkt in den Sand. Die Treppe schützte außerdem den übrigen Palast vor Hochwasser. Noch dazu konnte man ihn bei besonders schlechtem Wetter vollständig abriegeln und schützen. An schönen Tagen aber war es Seidenpfote möglich, an seinem Strand zu wandern, und das tat er gerade, denn zum Nachdenken streckte er seine Otterpfoten gerne ins Wasser. Das Gurgeln des Flusses beruhigte ihn. Normalerweise.

Heute war aber, das wissen wir ja bereits, kein normaler Tag. Seidenpfote grübelte und grübelte. Er verstand das alles nicht. Was war los in seinem Reich, und wer hatte – und wieso? und wie? – die Kornkammer leergeräumt? Verzweifelt fuhr er sich durchs Fell. Seine Stirnlocke stand inzwischen zu Berge. Um seine Otterschnauze war sein Fell so zerwühlt, das es wie ein Heiligenschein abstand. Ein Heiligenschein – um die königliche Schnauze! Wie unmodern. Es musste was passieren. Immer nervöser rannte Seidenpfote hin und her.

Das machte es der königlichen Leibgarde sehr schwer, ihm in gebührendem Abstand zu folgen. Ihr wisst: Jeder König hat eine Leibwache, die ihn beschützt. Klappernd und scheppernd jagte also die Leibwache mit ihren Schilden und kleinen Lanzen dem unruhigen König hinterher. Bei jeder abrupten Kehrtwende des jungen Königs rannten sich mindestens zwei der Wachen gegenseitig über den Haufen. Ein Chaos war das. Gut, dass es im Rücken des Königs stattfand und er nicht auch das noch mitbekam.

Als sie sich gerade wieder einmal in Reih und Glied gepackt hatten, hielt der König abrupt und mitten im Schritt an. Sein einer Fuß, pardon: seine Pfote, hing noch in der Luft. Urig sah das aus. Auf der anderen Pfote drehte sich der König wie ein Wirbelwind um, dabei bohrte sie sich tief in den Strand. Und dann stürmte er los. Die im Strand steckende Pfote warf den Sand hoch, der prasselte auf die umliegenden Muscheln, die schlossen empört ihre Schalen – doch da war der König schon in den Fluss gesprungen und schwamm mit kräftigen Schlägen seines Otterschwanzes flussabwärts. Die gesamte Leibwache schoss hinterher. In wilder Jagd tobte die Palasthorde den Fluss hinunter. War das wirklich königlich? Also, normalerweise ... Aber wie gesagt: Es war eben kein normaler Tag.

Im Dorf am Fluss

Seidenpfote kannte jede Flussbiegung, jeden Strudel, jeden Fels im Wasser. Geschickt flitzte er um alle Hindernisse herum, preschte weiter und erreichte schon das Dorf in der Flusssenke. Er schwamm ans Ufer, schüttelte sich das Wasser aus dem Pelz, strich seine Stirnlocke in Form – und dabei überholte ihn endlich die erleichterte, aber heftig nach Luft ringende Leibwache und rannte voran. Schon kam der König hinterher.

Das kleine Dorf am Fluss lag friedlich vor ihnen in der Vormittagssonne. „Aaachtung: Der König naht!", erscholl die trompetengleiche Stimme der königlichen Leibgarde. Deswegen war sie vorgestürmt. Sie kündigte den Tieren des Dorfes die Ankunft ihres Herrschers an, wie sich das gehörte. Der Frieden wechselte in hektische Betriebsamkeit: Die Dorfbewohner ließen alles stehen und liegen und rannten ihrem geliebten König Seidenpfote entgegen als ... „BUMPS", die ersten bereits mit

der hochgewachsenen, schlanken, vor allem aber nassen Gestalt des Königs zusammenstießen. Ein Mäusejunges landete vor lauter Eile sogar mit seiner Schnauze voran im dichten Winterpelz des Königs. Wild fing es an, sich zu entschuldigen: Es hätte ja nicht gewusst, dass ... es wäre ihm sehr peinlich, das hatte es nun wirklich nicht gewollt, also, den König einfach umzurennen, das ginge ja nicht an ...

König Seidenpfote hob seine seidene Otterpfote beruhigend hoch. „Ich war mal wieder zu schnell“, stellte das Oberhaupt des Flussreiches fest.

„Ja, ja, zu schnell. Unser König läuft seiner eigenen Leibwache noch weg“, rief das kecke Sumpfhuhn. Alles lachte. Die Leibwache errötete. Gut, dass auch sie – sie gehörten alle der Familie der Wasserratten an – einen dichten Pelz hatten, so sah keiner ihre aufsteigende Röte.

Der König schaute sich die Tierschar prüfend an, fand darunter aber nicht denjenigen, den er suchte. Da trat er etwas abseits vor einen Grasbuckel. In diesem mit Gras und Moos bewachsenen Hügel deutete ein winziges, rundes Loch darauf hin, dass hier jemand wohnte, jemand Kleines, der buddeln und im Untergrund wühlen konnte: Hier wohnte Meister Wühlmaus. Ihn wollte der König sprechen.

Meister Wühlmaus

Meister Wühlmaus, kurz: Wühlmaus, war ein in die Jahre gekommener Junggeselle. Sein Fell war früh ergraut, aber dicht und kräftig. Wenn er sich ärgerte, stand es ab. Dann sah Wühlmaus aus wie ein Igel. Genauso eigenwillig wie sein Fell war auch er selbst. Er liebte es, wenn alle seinen Plänen und Vorstellungen folgten. Nein, das ist nicht ganz richtig: Meister Wühlmaus liebte das nicht, sondern er ging einfach davon aus, dass seine Vorstellungen richtig waren und die Welt genau so funktionierte, wie er sich das dachte. Das meinte er gar nicht böse. Aber darüber konnte es schon einmal zum Streit kommen.

Abgesehen von dieser kleinen Macke war er ein famoses Tier, ein wenig grummelig manchmal, eigenbrötlerisch, aber ansonsten großzügig, anständig und sehr, sehr schlau. Er hatte den Durchblick, wie viele sagten. Er sah Zusammenhänge, wo andere Tiere nur einzelne Launen des Schicksals erkannten. Ihn wollte der König zu den Vorkommnissen in seinem Reich befragen.

Seidenpfote trat vor das Mauseloch, und während sein Schatten noch den Weg ins Loch suchte und sein Inneres verdunkelte, brummelte es dem König auch schon entgegen: „Was ist denn jetzt schon wieder? Ich mag keine Überraschungen. Geh weg. Kann ein Tier nicht mal alleine faulenzen?“ Das tat Wühlmaus nämlich sehr gerne.

Das kecke Sumpfhuhn Elsa hatte sich neben den König gestellt und klapperte vielsagend mit seinem Schnabel. „DEN bekommen selbst Ihre Majestät bestimmt nicht aus seinem Loch.“

„Meister Wühlmaus, hier spricht der König!“, rief Seidenpfote. „Oh“, kam es aus dem Mauseloch. Dem Oh folgte ein Rascheln, Rummsen, Ächzen, Stöhnen, Schlurfen. Und dann stand tatsächlich Wühlmaus vor dem König. Das Fell war aufgestellt, was ihn aussehen ließ wie einen Igel – aber das hatten wir ja schon. Deswegen wusste der König, dass Wühlmaus nicht sonderlich begeistert über den spontanen Besuch war. Böse schaute der Nörgler das Sumpfhuhn an. Er wollte losschimpfen, und das Sumpfhuhn plusterte schon das Gefieder zu seiner Verteidigung auf, da sagte der König schnell: „Ich brauche deine Hilfe!“ Und siehe da: Wühlmausens Fell legte sich und fing an zu glänzen, seine Ohren richteten sich auf, er zeigte dem Sumpfhuhn seine graue Schulter, und ein wohlgefälliges Lächeln breitete sich im Mausegesicht aus: „Was kann ich tun?“

„Ach“, sagte der König. „Ich habe nur ein kleines Rechenproblem oben im Palast. Es wäre gut, du würdest mich später besuchen.“ Ihr wundert euch? Ja, die Tiere des Dorfes auch. Denn der König war ja ganz offensichtlich ins Dorf gehetzt. Noch immer hing die Leibgarde an ihren Lanzen und rang nach Atem. Und dann sagte der König, dass es nur ein kleines Rechenproblem gab? Aber

wisst ihr, der König wollte keine Angst verbreiten. Das, was er Wühlmaus erzählen wollte, sollten die anderen Tiere nicht hören. Nicht, bevor er eine Lösung hätte. Und dabei hoffte er auf Wühlmaus.

Zwei Tiere schauten den König nachdenklich an, während der Rest der Tierschar durcheinanderschnatterte, brummelte und piepste, die Köpfe zusammensteckte und eifrig mit Pfoten und Flügeln gestikulierte: zum einen Wühlmaus, der Seidenpfotes Absicht durchschaute, und ein Ottermädchen, Funkelauge. Vielleicht lag es daran, dass auch sie ein Otter war wie Seidenpfote und sie daher die Körpersprache des Königs besser verstand. Jedenfalls war ihr sofort klar, dass der König Sorgen hatte und deshalb gekommen war. Zu gerne hätte sie gewusst, worum es ging. Ob sie neugierig war? Nein, Funkelauge war kein neugieriges Mädchen. Sie war, wie Wühlmaus, für ihre Klugheit berühmt. Der junge König gefiel ihr. Die Tatsache, dass er offensichtlich unglücklich war, tat ihr leid. Sie hätte gern geholfen.

Aber der König hatte Wühlmaus angesprochen. Der schaute den König von Kopf bis Pfote an und nickte. „Natürlich; wenn es Euer Majestät recht ist, komme ich zum Abend in den Palast."

„Gut, dann ist das abgemacht", antwortete Seidenpfote. Damit wandte er sich zum Gehen – stieß natürlich mit seiner Leibgarde zusammen, aber das störte ihn nicht weiter. Etwas anderes hatte einen kleinen Blitz in seinem Otterhirn ausgelöst – was war das gewesen? Es war geschehen, als er sich umwandte und sein Blick über die versammelte Tierschar schweifte. Noch einmal blickte er sich um und – schaute in zwei funkelnde Augen. Sie gehörten einem Ottermädchen, dass er wiederkannte. Mit ihr hatte er doch früher gespielt? Als er noch klein war. Sie war – wie er – ein ausgewachsener Otter geworden. Und, so meinte er sich zu erinnern, sie war im Handel tätig.

Er wandte sich ab. Er hatte wirklich andere Sorgen, als sich um irgendwelche Mädchen Gedanken zu machen, dachte er, grüßte noch einmal huldvoll die versammelten Dorfbewohner und machte sich dann auf den Rückweg in den Palast.

In seinem Rücken brach natürlich ein wildes Piepsen, Quaken, Brummeln, Quietschen, Schnattern und Zwitschern aus. Die Tiere diskutieren, was der König wirklich von Wühlmaus wollte. Das kecke Sumpfhuhn war ausnahmsweise ganz still, Papa Regenläufer legte hektisch seinen Kopf schief, mal nach links, mal nach rechts, und Ente Minna und Sumpfhuhn Elsa wackelten bedrückt mit ihren Schwänzchen. Was konnte der König wollen? Ihnen allen war nicht entgangen, dass die Dinge im Reich nicht mehr so rund liefen in letzter Zeit: Das Korn wurde weniger, die Straßen und Brücken waren in keinem guten Zustand, und für alles brauchte man mittlerweile eine behördliche Genehmigung. Das war bisweilen recht mühsam und machte wirklich keinen Spaß. Ob der König dies auch so sah? Oder wollte er gar wieder eine neue Steuer, eine neue Gebühr einführen? Die Tiere rätselten und rätselten. Aber sie kamen nicht darauf. Bald zerstreuten sie sich, und jeder hopste, flitzte, wackelte oder watschelte zurück in sein Nest, Schlupfloch, Mauseloch oder seinen Erdbau.

Wühlmaus aber hatte den Blickwechsel zwischen dem König und Funkelauge bemerkt. Das kam ihm gar nicht ungelegen. Er stand vor seinem Mauseloch und überlegte. Wenn der König ihn sprechen wollte – und er war sich sicher, dass das Rechenproblem nur eine Ausrede war –, dann ging es um etwas Ernstes. Wühlmaus ahnte es: Ihm war nicht entgangen, dass die Tiere im Dorf mehr und härter arbeiteten als in den vergangenen Jahren. Sie rackerten sich ab, um eine halbwegs ordentliche Ernte einzufahren. Oft genug hatten Stürme und Unwetter die Felder und Anbauflächen zerstört. Und nicht nur das: Aus Gründen, die Wühlmaus nicht erahnen konnte, hatte sich eine bleierne Schwere über das Reich gelegt – die Arbeit, so schien es, war immer härter geworden und die Früchte der Arbeit immer kleiner. An allen Ecken und Enden schien es zu klemmen: Die königliche Luftpost – stolze Möwen – ließ immer länger auf sich warten, auf den Wegen häuften sich die Schlaglöcher, und auch die königliche Verwaltung – so ein Flussreich will auch verwaltet werden – schien irgendwie immer komplizierter zu werden. Überall Vorschriften, Abgaben, Verbote – so richtig einfach war das Leben im Flussreich nicht mehr. Auch wenn Wühlmaus aus diesem Gefühl keine Erklärung machen konnte.

Aber Wühlmaus erkannte einige Zusammenhänge. Er vermutete, dass die Kornkammer des Reiches nicht mehr so prall gefüllt sein konnte wie noch vor ein paar Jahren. Aber dass Not bevor stand? Das konnte nach seinem Rechnen nicht der Fall sein. Dafür war doch in den Vorjahren zu viel in die Kornkammer gepackt worden. Und dennoch machte

dem König etwas große Sorgen. Das Reich war in Not, da war sich Wühlmaus sicher. Und deswegen winkte er jetzt Funkelauge zu sich.

Das Ottermädchen mit den eindrucksvollen Augen hatte dem Aufruhr der Dorfbewohner zugehört. Da auch sie nicht auf den Otterkopf gefallen war, machte ihr das Rechenproblem des Königs Gedanken. Immer wieder hatte sie zu Wühlmaus hinübergeblickt, der in Gedanken versunken mit einer Pfote Kreise in den Sand zog. Sie kannten sich gut. Schon oft hatten sie zusammengesessen, und sie hatte sich von ihm Ratschläge geholt. Sie betrieb ein eigenes Geschäft und griff gerne auf sein großes Wissen zurück. Jetzt winkte er sie zu sich herüber.

Funkelauge trat neben die Wühlmaus und setzte sich. Sie sagte kein Wort. Das würde der alte Meister schon übernehmen. Der schaute sie an und sagte: „Dass es was Ernstes ist, muss ich, glaube ich, nicht sagen, hm?“
„Nein.“
„Dass das Reich vermutlich in Not ist, auch nicht?“
„Nicht wirklich“. Das Ottermädchen schüttelte den glänzenden Otterkopf.
„Hm.“
„Hm.“

Ja, Gespräche zwischen Wühlmaus und dem Ottermädchen war zuweilen sehr einsilbig. Aber sie verstanden sich dennoch.

„Kommst du mit?“ In seiner ihm eigenen Brummeligkeit war das für ihn eine höfliche Einladung. Funkelauge musste grinsen. Dann aber schaute sie ihn ernst an: „In den Palast? Wühlmaus, du bist vom König eingeladen. Ich nicht; ich kann doch nicht einfach mitgehen, in den Palast, zum König!“
„Hm.“
„Hm.“

„Ich nehme das auf meine Kappe!“ Nun war es Wühlmaus, der ernst schaute: „Wenn ich das richtig vermute, dann haben wir ein ernstes Problem. Das heißt, wir benötigen Hilfe. Und wenn der König nach Hilfe schickt, bedeutet das, dass wir unsere Probleme nicht mehr aus eigener Kraft lösen können. Zudem stehen wir am Ende des Winters. Eine Ernte ist erst im Sommer wieder möglich.“

„Das heißt, dass wir mit anderen Reichen handeln müssen", führte Funkelauge die Überlegung weiter.

„Genau. Und deswegen möchte ich, dass du mitkommst. Du betreibst Handel und kennst dich damit aus. Sowie du auch weißt, wo überhaupt was zu holen ist. Ich glaube, der König wäre dankbar, auch auf dein Wissen zurückgreifen zu können."

Funkelauge war sich immer noch unsicher. Wühlmaus hatte recht, sie kam auf ihren Handelsreisen sehr weit herum. Aber so modern König Seidenpfote auch war und so engen Kontakt er mit seinen Untertanen pflegte, er war König! Vor dem König erschien man nicht einfach uneingeladen. Nur in Ausnahmesituationen. Aber war das nicht eine Ausnahmesituation?

„So, das reicht an Grübeleien. Du kommst nachher mit, und ich erkläre das dem König. Basta!" Damit war für Wühlmaus das Gespräch beendet. Ohne ein weiteres Wort verschwand er in seinem Mauseloch. Funkelauge saß kopfschüttelnd noch an ihrem Fleck. Also manchmal war der Meister wirklich ... ja, was war er denn: Unhöflich? Grob? Oder einfach nur sparsam mit Worten?

Funkelauge war jetzt klar: Sie würde an diesem Abend mit dem Meister Graupelz in den Palast des Königs gehen. DEM König. Einerseits war sie nervös, andererseits freute sie sich, den König wiederzusehen und ihn näher kennenzulernen. Wie er wohl so lebte in seinem Palast? Ob er einen richtigen Thron hatte? Eine Krone? Ein Zepter? Funkelauge stand auf und ging zu ihrem Bau. Sie hatte noch etwas Zeit, sich hübsch zu machen für den Besuch im Palast.

2. KAPITEL
IM PALAST

Die Sonne wanderte über den blauen Himmel; und obwohl sie schon wärmte und Frühling in der Luft lag, waren die Tage noch sehr kurz. Als die Schatten länger wurden, machten sich Wühlmaus und Funkelauge auf den Weg zum Palast.

Einst hatten die Biber aus dem Norden den Palast errichtet. Otter selbst sind ja nicht unbedingt für ihren Hochbau bekannt. Sie bauen eher unter Tage beziehungsweise legen ihren Otterbau mit einem Zugang unter Wasser an. Das wäre für einen Palast, der alle Tiere empfangen möchte, nicht sehr schön, will meinen: ungeschickt. Nicht jeder schwimmt gerne oder taucht sogar. Daher hatten ihre langzahnigen Freunde, die Biber, diesen riesigen Bau halb auf das Ufer, halb in das seichte Uferwasser des Flusses gebaut. Es war eine Meisterleistung, und selbst Seidenpfote wusste nicht, wie viele Räume, Säle und Kammern der Palast hatte. Er war sich auch nicht sicher, ob er wirklich schon jeden Winkel seines Palastes gesehen hatte.

Jetzt saß der junge König im Audienzsaal auf dem Thron, auf dem sein Vater, dessen Vater und auch dessen Vater, Vater-Vater und Vater-Vater-Vater gesessen (und Vater-Vater-Vater-Vater) und regiert hatten. Sie alle waren gute Könige gewesen. Mit strenger, aber gerechter und gütiger Pfote hatten sie das Reich regiert und es zu Wohlstand geführt. Die Tiere hatten Tauschhandel mit den Nachbarreichen betrieben, und so waren Arbeiter und Güter an den großen Fluss gekommen, die es im Flussreich selbst nicht gab. Vorräte waren angelegt worden. Wege geschaffen und geebnet. Dörfer wurden erbaut, einsturzgefährdete Höhlen durch kräftige Holzbauten ersetzt. Das Flussvolk war sogar – außer bei den Bibern natürlich – das erste Reich mit einer Brücke. Ja, das gab es nicht oft! Gut, nun lagen die anderen Reiche nicht unbedingt am Wasser und brauchten daher keine Brücken. Aber dennoch: Das beeindruckende Bauwerk war so berühmt, dass Tiere aus allen Ecken der Ferne anreisten, um diese Brücke zu sehen und vielleicht – gegen einen kleinen Wegezoll – einmal über sie hoppeln, kriechen, springen, watscheln oder tippeln zu können.

All das hatte den Tieren des Flussreiches ein angenehmes Leben ermöglicht. Sie hatten so viel, dass sie in den Nachbarreichen Handel treiben konnten und kleine Luxusgüter mitbrachten. Und jetzt? War alles verloren und die Kornkammer leer.

Der junge König stieß einen Schrei aus. Er war traurig, verzweifelt, aber auch wütend. Wer immer das getan hatte, dem würde er ordentlich in den Schwanz beißen! Wo blieb Meister Wühlmaus nur? Der junge König wollte endlich anpacken. Er rutschte unruhig auf seinem Thron hin und her, rief sich aber zur Ordnung, Wie unmodern war das denn: Ein König, der auf dem Thron auf seinem Allerwertesten herumrutschte. Das ging doch nicht. Zumal in seinem Fell noch ein paar Sandkörner und Flussgrashalme von seiner wilden Jagd durch den Fluss hingen. Ach du sumpfiger Sumpftroll; nein, so konnte er keinen Besuch empfangen, auch wenn es nur der grummelige Meister Wühlmaus war. Er riss am Glockenband, rief mit wildem Gebimmel seine Diener herbei und sprang auf, um in sein königliches Bad zu eilen. Er musste sich schnell putzen.

Zwischenzeitlich erreichten Wühlmaus und Funkelauge den Palast, wo sie bereits erwartet wurden: „Untertan Wühlmaus und Untertanin Funkelauge?“, blaffte eine Stimme sie an. Das war Ponzo, der Berater des Königs. Ja, da war er wieder. Und nicht sehr höflich. Er nahm seine Aufgabe offensichtlich sehr ernst und ließ nicht jedes Tier zum König. Besucher mochte er nicht wirklich.

Tja, und Wühlmaus mochte Ponzo erst recht nicht, er hatte ihn noch nie gemocht: „Jawohl, du Lurchi“, antwortete Wühlmaus daher. Um Funkelauges Mäulchen spielte ein Zucken. Mut hatte Meister Wühlmaus, das musste sie ihm lassen.

„Folgen!“ Ponzo schnauzte die Gäste mit unterdrückter Wut an. Sie eilten hinter ihm her durch den Palast zum Thronsaal. Wühlmaus' Bäuchlein wogte, und er kam außer Atem. Er musste rennen, um an Ponzo dranzubleiben. „Die Rache der Wache“, dachte die Wasserratte zufrieden. Endlich blieben sie vor einer großen Tür stehen. Ponzo zog sie auf, steckte den Kopf in den Thronsaal und näselte: „Mein König, Untertan Wühlmaus und Untertanin Funkelauge erbitten Audienz.“

Die beiden Besucher aus dem Dorf beugten sich vor und lauschten. Funkelauge war nervös – würde der König sie gleich wieder wegschicken? Holte er bereits die Wachen? Es drang kein Ton aus dem Saal. Dennoch musste der König ein Zeichen gegeben haben, denn abrupt drehte sich Ponzo zu den Gästen um. Dabei fegte er Wühlmaus von seinen Beinen, der zu nahe gestanden hatte. Wühlmaus purzelte hinten über, während die Wasserratte mit unbewegter Miene schnarrte: „Eintreten!"

Na, da musste sich Wühlmaus erst einmal aufrappeln. Da Ponzo, der das absichtlich getan hatte, bereits die Tür zum Thronsaal weit aufschob, blickte König Seidenpfote direkt auf dieses Knäuel an der Türschwelle: Eine am ganzen Körper vor unterdrücktem Lachen zuckende Funkelauge versuchte hastig, den dicken Wühlmaus auf seine Beine zu ziehen. Durchaus lustig, aber wirklich kein gutes Benehmen am Hof. Ponzo war mit seiner kleinen Schau sehr zufrieden. Das gibt bestimmt einen Rüffel vom König, dachte er hämisch. Aber was tat der König da? Der junge König blickte grinsend erst auf Wühlmaus, dann mit einem Lächeln zu Funkelauge. Er hatte sie nicht eingeladen, dachte er. Aber sicher wird Wühlmaus eine gute Erklärung dafür haben. Und tief in seiner Otterbrust schlug das Otterherz einen leichteren Rhythmus an: In seiner Not und Verzweiflung war der Besuch eines hübschen Ottermädchens wahrlich ein Lichtblick. Er war gespannt auf sie, auf Wühlmaus' Wissen und auf den gesamten Abend.

„Dieser sentimentale Schlappfisch!" Ponzo hatte den König beobachtet und schüttelte wütend den Kopf. Statt erzürnt über den unmöglichen Auftritt zu sein und das nicht eingeladene Otterweibchen sofort wieder in den Schlamm am Fluss zu befördern, lud der König die beiden mit einem gütigen Pfotenwink zu sich. Unsanft schob die Wasserratte die Gäste in den Thronsaal und schloss die Tür. Oder? Blieb sie nicht einen Spalt offen? Dafür haben wir jetzt keine Zeit.

Die beiden Gäste traten vor den Thron. Während Funkelauge als Weibchen in einen eleganten Hofknicks sank, verbeugte sich Wühlmaus bodentief vor dem König. Seidenpfote aber hieß sie sich gleich wieder aufzurichten. „Seid willkommen, alle beide." Dabei nickte er vor allem Funkelauge lächelnd zu. „Nun, Wühlmaus", fuhr der König fort, „du weißt, es entspricht nicht dem Protokoll. Dennoch bringst du mir liebenswerten Besuch mit. Ich denke, du hast deine Gründe dafür."

Wühlmaus verbeugte sich abermals. Dann schaute er den König offen an. „Mein lieber König, habt Dank für eure Güte. Hier stelle ich euch Funkelauge vor. Ich behaupte, dass sie das klügste Mädchen, wenn nicht sogar Tier – außer mir natürlich – im Dorf ist." Funkelauge errötete ob des unverfrorenen Selbstlobs des Graupelzes und natürlich über das Lob, das er auch ihr ausgesprochen hatte. Selbst der König schaute verdutzt. „Ist das so?"

Unbeirrt fuhr Wühlmaus fort: „Funkelauge ist über die Grenzen unseres Reiches hinweg bekannt als eine schlaue, harte, aber faire Handelspartnerin." Der König nickte, das gefiel ihm. Aber er erkannte keinen Zusammenhang zu ihrem Besuch hier in seinem Palast. „Aber was ...", setzte er an.

Wühlmaus war in Fahrt, und wenn er einmal am Reden war, ließ er niemand anderen zu Wort kommen. Lieber wiederholte er seine Rede noch einmal. Gut, das Wiederholen ersparen wir euch an dieser Stelle. Hier und jetzt unterbrach Wühlmaus den König einfach: „König Seidenpfote – euch und mir ist klar, dass es kein Rechenproblem ist, weshalb ihr mich eingeladen habt."

Leicht verlegen richtete der junge König seine Stirnlocke. „Nun ja, vor den Dorfbewohnern ..."

Wieder unterbrach ihn Wühlmaus. „Ist schon klar, schon klar. Was ich sagen will: Ihr seid König. Euch treiben keine Rechenprobleme um, dafür habt ihr eure Berater." Mit diesen Worten schaute Wühlmaus kurz zur Saaltür, hinter der er den Berater vermutete. Dann fuhr er fort: „Nein, Seidenpfote, auf euren Königsschultern lasten ganz andere

Probleme. Ich bin ein schlaues Tier, deswegen habt ihr mich zu euch bestellt. Auch ich sehe, wenn etwas schief läuft im Reich. Und das ist der Fall: kleinere Ernten, schwindende Vorräte. Das ist es, was euch beschäftigt."

Wie ein Spiegelbild seiner Stimmung senkte sich bei diesen Worten die Stirnlocke des Königs bedenklich nach unten.

Wühlmaus sprach weiter: „Und wenn ihr so weit seid, dass ihr um Hilfe bittet, muss es schlimm stehen. Das Flussreich kann die Probleme, die drohende Not, nicht mehr aus eigenen Kräften lösen. Wir benötigen Unterstützung aus den anderen Reichen. Und damit kommen wir zu Funkelauge, deren Erfahrungen im internationalen Handel uns helfen können."

Der König versuchte nervös, seine Stirnlocke wieder zu richten – er war sprachlos. Während der letzten Stunden hatte Seidenpfote eine Rede vorbereitet, um Wühlmaus das ganze Ausmaß der Misere vorzuführen – und da hatte dieser Mäuserich alles längst erkannt und treffend in Worte gepackt. Sicherlich, er war überheblich, aber das sei ihm, dem Meister, gegönnt. Denn Wühlmaus hatte vollkommen recht: Das Flussreich brauchte Hilfe.

Und Funkelauges Anwesenheit erschien dem König jetzt nicht nur sehr erfreulich, sondern vorausschauend und klug. Er hatte sich wieder gefasst und wandte sich ihr zu: „Funkelauge, habt Dank dass ihr gekommen seid. Ich höre mir gerne gleich eure Erfahrungen an. Vorher muss ich allerdings den Ausführungen unseres Freundes etwas hinzufügen."

Wühlmaus hob eine graue Augenbraue: Hatte er etwas übersehen? Das war ihm gar nicht recht. Er wollte schon was brummeln, da sah er den Gesichtsausdruck von Seidenpfote. Von dem sanften Lächeln, das er Funkelauge geschenkt hatte, war der Ausdruck in eine grimmige Düsternis geglitten. Hätte Wühlmaus den König nicht gut genug gekannt, hätte er Angst bekommen können. Es musste etwas Schlimmes vorgefallen sein. Auch Funkelauge war erschrocken. Sie hielt die Luft an. Was war passiert?

„Die Kornkammer", stieß der König hervor. Drei Paar Augenbrauen hoben sich, Falten auf zwei bepelzten Stirnen wurden tiefer: Funkelauges und Wühlmaus' Gesicht bildeten Fragezeichen. Wie „die Kornkammer"? Natürlich, die Kornkammer stand vor den Toren des Palastes und war eine wunderbare Sicherheit für das ganze Reich. Hier stolperten die Gedanken des Ottermädchens und der Wühlmaus unabhängig und doch gleichzeitig: Die Kornkammer! War es möglich, dass …

„Sie ist leer." Drei Worte, die alles bestätigten und das ganze Ausmaß der Not des Flussreiches zusammenfassten. Seidenpfotes Gesicht wandelte sich wiederum, der düstere Ausdruck wich großer Traurigkeit. Funkelauge wäre am liebsten zu ihm getreten und hätte ihn getröstet.

„Leer? Euer Majestät meinen, jemand hat sie ausgeraubt?", fragte Wühlmaus.
„Es muss Raub gewesen sein. Anders kann ich es mir nicht erklären. Aber wer würde so etwas machen?"
„Und warum?", ergänzte Funkelauge.

Alle drei blieben kurze Zeit stumm und rollten die Gedanken wie Würfel hin und her. Keiner fand eine Antwort auf diese Fragen.

Seidenpfote sprach als erstes: „Deswegen habe ich dich, Meister Wühlmaus, hergebeten: Du weißt, was dieses Reich benötigt. Und du, Funkelauge …" Er konnte nichts dagegen tun, immer wenn er sie ansah, fühlte der König sich komisch. Ob er zum Arzt musste? War es eine geheime Krankheit? Er schüttelte schnell seinen Pelz und sagte dann: „Ich bin mir sicher, dass du uns helfen kannst."

Dann erzählte der junge König von seiner Entdeckung in der Kornkammer und von seinen großen Sorgen. „So schlecht ging es dem Reich noch nie, Wühlmaus. Ich verstehe nicht, woran es liegt. Seit Monaten sind keine Futterlieferungen aus den anderen Teilen des Reiches angekommen und auch keine Nachrichten der Tiere. Unsere Luftpost, die Möwen, lässt sich nicht mehr blicken. Es muss etwas passiert sein. Die Korbmacher bleiben auf ihren Weidenkörben sitzen, weil niemand sie mehr bezahlen kann. Es gibt keine Vorräte zum Tauschen. Ebenso die Spechte: Sie haben keine neuen Holzbauaufträge mehr. Es ist, als ob sich ein großes, unsichtbares Gespenst durch unser Reich frisst und Not hinterlässt. Es muss etwas geschehen. Die Tiere des Flussreiches vertrauen auf mich, ihren König. Ich brauche deinen Rat."

Wühlmaus' Schnurrhaare zuckten hin und her. Er mochte den jungen König und hielt ihn für einen guten Herrscher. Dass gerade unter ihm die Zeiten schlecht waren, tat ihm leid. Aber Mitleid half dem königlichen Otter nicht. Es musste gehandelt werden. Aber wie?

Seidenpfote sprach weiter: „Eigentlich müsste ich durch mein Reich reisen und alles genau anschauen, um zu verstehen, was schief läuft. Gleichzeitig muss ich aber schnell die Kornkammer auffüllen, sie ist wichtig zum Überleben der Tiere. Wie soll ich das schaffen? Viel schlimmer ist aber: Wie und wo bekommen wir jetzt und sofort Vorräte her? Es bleibt nicht viel Zeit, bis die letzten Körner aus der Kornkammer gekratzt sind." Wühlmaus nickte.

Der König fuhr fort: „Ich habe nichts, um Futter einzutauschen. Selbst wenn die anderen Reiche genügend Vorräte haben – wir können sie nicht bezahlen! Wir stehen am Ende des Winters. Die ersten Büsche und Bäume tragen zwar schon wieder grüne, saftige Triebe, aber bis die ersten Früchte reifen und wir wieder Vorräte und damit auch Tauschgut sammeln können, dauert es noch. Vielleicht können wir noch ein paar Tage, Wochen mit den Vorräten aushalten. Aber danach ... müssen wir hungern!" Seidenpfotes kurze Otterschnauze senkte sich.

Hunger war ein böses Wort, das man nur aus längst vergangenen Zeiten, aus den Erzählungen der Alten kannte; ein weiteres Gespenst, das sich wie ein grauer Schleier über den Morgen und die tierischen Gemüter unserer Freunde legte.

„Ich bin sicher, dass uns unsere befreundeten Reiche helfen werden; die Feldmäuse haben immer sehr große Wintervorräte. Du könntest mit ihrem König verhandeln, sicher werden sie uns helfen", setzte Wühlmaus an.

„Ich weiß, dass es im Haselwald diesen Winter mehr als genug Vorräte für alle gibt. Die Eichhörnchen habe es mir berichtet", warf Funkelauge ein. Dankbar nickte Seidenpfote ihr zu – da war es wieder, dieses komische Gefühl. Seltsam. Aber für Krankheiten hatte er wirklich keine Zeit. Kein Arzt, nicht jetzt.

Er zwang sich, an die großen Nussvorräte im Haselreich zu denken. Das war gut! Denn die Königin des Haselwalds war eine Freundin und Handelspartnerin von König Seidenpfote. Ja, ganz sicher würden die Nachbarreiche ihnen helfen. Seidenpfote hob freudig witternd die Schnauze, es schnupperte nach Hoffnu ... Nein. Keine Hoffnung. Es blieb die eine große Frage: „Wie sollen wir das bezahlen“, seufzte er.

„Schulden. Du musst Schulden machen.“ Das kam von Wühlmaus.
„Schuhlten?“
„Nein, mein König, SCHULDEN.“

„Ah.“ Hätten Augen Fragezeichen sein können, dann hätte Seidenpfote ungefähr 100 davon gehabt. Ich bin mir auch ziemlich sicher, dass in diesem Moment die wunderbare Stirnlocke des Königs die Form eines Fragezeichens hatte.

„Also ...“, setzte Wühlmaus an. Dieses Mal unterbrach ihn Funkelauge. Der König wollte Antworten und schnelle Hilfe und keine Vorträge. Sie blickte Wühlmaus kurz lächelnd und entschuldigend an und sprach dann zum König. (In Klammern: Wühlmaus war eingeschnappt. Klammer zu.)

„Erinnert ihr euch noch an den Fall im Waldreich, als der Waschbär diese unendlich komfortablen Schlafkugeln erfunden hatte und alle eine bei ihm bestellten? Er konnte gar nicht so schnell Schlafkugeln herstellen, wie er sie verkaufte. Also stellte er Schuldscheine aus: Er gab den Tieren ein Blatt, auf dem zu lesen war, dass er ihnen eine Schlafkugel schuldete. Sie bezahlten die Kugel sofort, und er lieferte sie, sobald er fertig war.“

Der König erinnerte sich.

„So könnt ihr es auch mit den Vorräten machen: Ihr bittet um Vorräte und bietet an, mit einem Schuldschein zu versprechen, die Vorräte dann zu bezahlen, wenn ihr es wieder könnt.

„Das stimmt. Ich könnte die Königin des Haselreiches um einen Sack Nüsse bitten und fragen, ob ich ihn erst im Herbst zurückgeben könnte.“
„Richtig“
„Ihr überseht eines“, endlich sprach Wühlmaus wieder. „Ihr könnt sie nicht in Nüssen ausbezahlen: Wir haben im Flussreich nicht genug Nüsse.“

Ja, Donnerblitz, dachte Seidenpfote, das stimmt.

Weltmännisch winkte Funkelauge ab: „Hört mal, der Waschbär wurde auch nicht mit Schlafkugeln bezahlt. Das wäre ja total sinnlos: Die Tiere bestellen bei ihm teure Schlafkugeln, auf die sie notfalls einen ganzen Sommer warten, und bezahlen ihn dann mit Schlafkugeln?"

Autsch. Das war logisch, einleuchtend und zutiefst irritierend für Wühlmaus – wo hatte er nur seine Gedanken gehabt. Funkelauge hatte natürlich recht. Auch der König war beeindruckt, kam aber nicht auf die Lösung. Er war sehr, sehr dankbar, als das kluge Ottermädchen weitersprach:

„Euer Majestät müssen mit ihr verhandeln. Fragt sie, was sie für die Nüsse haben möchte. Vielleicht ist sie ja froh, wenn ihr statt der Nüsse eine gute Portion unserer Wasserlinsen zurückgebt. Denn eigentlich schuldet ihr der Königin ja nur den Wert von den Nüssen."

So ging also Handeln, der König verstand. Was war das nur für ein kluges Ottermädchen.

In diesem Moment schaute sie ihm direkt in die Augen: Würde der König sie verstehen? „Ihr schlagt der Königin des Haselwalds vor, ihr etwas zu geben, was dem Wert ihrer Haselnüsse entspricht. Beispielsweise die gute Portion Wasserlinsen oder eingemachten Froschlaich, der hält sich über den Winter, oder einen wunderbaren Weidenkorb. Irgendetwas, was sie anstatt von Nüssen annehmen würde."

Der König strich sich durch seine Stirnlocke, dachte über die Worte nach und krauste seine Otterschnauze: „Handeln und Schulden also?"

„Ja, mein König. Ihr müsst handeln." Funkelauge zeigte mit ihrer Pfote zum Fenster, deutete über den Hügel dahinter, an dessen Fuß das Dorf lag, über den Fluss und auf den Horizont, dorthin, wo der König hinter den Hügeln weitere Dörfer und verarmte Untertanen vermutete. „Ihr benötigt JETZT Vorräte, damit kein Tier hungern muss. Die Kornkammer ist leer, das heißt, wir können nicht bezahlen. Wir sind pleite." Der König zuckte zusammen. Also das war jetzt doch ein bisschen happig. Pleite? Muss man das so sagen?

Wühlmaus sah das und mischte sich ein. „Funkelauge hat recht, und es ist richtig, dass wir das Wort in den Mund nehmen: Das Flussreich ist pleite, wir haben nichts, können nichts bezahlen. Wir müssen handeln, Schulden machen, reisen, und das sofort.“

Funkelauge nickte: „Die benachbarten Reiche werden uns helfen. Wir müssen sie nur bitten, uns Futter zu geben, das wir dann im Frühling oder Sommer bezahlen werden. Unsere einheimischen Produkte sind sehr beliebt: Keiner kann so gut getrocknete Wasserlinsen und Seerosenblätter, eingemachten Froschlaich und Weidenkörbe herstellen wie wir. Darauf werden die Nachbarn gerne auch ein paar Monate lang warten.“

Gespannt sahen beide den König an. Sie waren sehr forsch gewesen, hatten jegliche Benimmregeln am Hof zur Seite gefegt und deutliche Worte zu ihm gesprochen. Wie würde er darauf reagieren? Würde er wütend werden und sie bestrafen? Da: Die Falten des Königs glätteten sich. Er schaute beiden offen in die Gesichter und sprach gänzlich etikettenfrei: „Dann mal los, lassen wir es krachen.“ Funkelauge strahlte; das war ein König!

„Also, Funkelauge, was schlägst du vor? Wie gehen wir vor? Wie kommen wir an die Berge von Nüssen heran?“ Einen gewissen Stolz konnte Funkelauge nicht unterdrücken, schließlich fragte der König des Reiches gerade sie, ein einfaches Ottermädchen, um Rat.

„Mein König, ich würde vorschlagen, dass ihr persönlich bei den Tieren vorsprecht, die euch Vorräte geben könnten. Das Flussreich ist in Not, und ihr benötigt sehr große Unterstützung. Wenn ihr als König selbst zu den Tieren geht, zeigt ihr ihnen, wie ernst es ist und dass ihr euch keinesfalls zu gut seid, um Hilfe zu bitten. Denn es ist schon eine große Bitte, wenn man Schulden aufnehmen möchte.“

Wühlmaus nickte heftig zu diesen Worten. Auch dem König leuchtete das ein. Natürlich war er sich keinesfalls zu fein anzupacken. Das war doch klar. Zudem war es sicherlich sehr modern, wenn der Herrscher selbst kam und nicht seine Untertanen vorschickte. „Ja, ich werde gehen. Ich werde persönlich bitten, erklären, darlegen, überzeugen, überreden und betteln, wenn es sein muss, ich werde auf meine Ehre

als König schwören, ich werde ... Äh, Funkelauge, WO werde ich das eigentlich machen?"

Dieses Mal grinsten sie alle drei. Funkelauge war hin und weg. Bei allen rosa Seerosenblättern, war der König nicht tierisch süß? Begeisterungsfähig, und so modern! Sie sprach weiter: „Ich schlage vor, dass ihr nur bei reichen Tieren anfragt. Auf diese Weise seid ihr sicher, dass die Tiere selbst nicht in Not geraten. Die Zeiten sind nicht gut; wir wissen nicht, was noch alles auf uns und alle Tiere des Flussreiches zukommt." Der König nickte schwer.

„Es ist Zeit, über das Flussufer hinauszudenken!" Das klang, obwohl es nicht vom König kam, sehr majestätisch. Die Worte stammten aus der grauen Schnauze von Wühlmaus. Vor lauter bestätigendem Nicken zu seinen Worten wippten seine Schnurrhaare auf und ab – ein lustiges Bild zu ernsten Worten.

„Du hast recht, Wühlmaus", sprach Funkelauge, „wir sollten eine Reiseroute festlegen, auf der der König in die Nachbarreiche wandert, um seine Bitte vorzutragen."
„Der König sitzt hier", drang eine Stimme an ihr Ohr.
„Oh, Verzeihung, mein König, entschuldigt, ich habe laut gedacht."
„Schon gut, schon gut".

Gemeinsam überlegten sie nun, an welchen Höfen er vorsprechen könnte. Nach und nach ergab sich ein Reiseplan. Sie beschlossen, dass der König mit Wühlmaus auf diese Reise gehen würde. Das schmeichelte Wühlmaus sehr. Denn mal im Ernst: War er nun die wichtigste Maus des ganzen Flussreiches oder nicht? Ungemütlicher Weise – in den Augen von Wühlmaus – drängte der König zum Aufbruch, und so wurde entschieden, dass sie schon am nächsten Tag aufbrechen würden.

Zu gerne wäre Funkelauge mitgereist. Aber sie traute sich nicht, das vorzuschlagen. Ein König, der mit einer jungen Dame reiste – wie sähe das denn aus? Sie hatte aber eine andere Idee: „Mein König, ihr sagtet zu Anfang, ihr müsstest eigentlich durch das Reich reisen und schauen, was alles schiefläuft."

Seidenpfote hob den Kopf von einer Karte, auf der er und Wühlmaus gerade ihre Reiseroute anlegten. „Das stimmt, Funkelauge. Ich halte

es immer noch für sehr wichtig. Aber ich kann nicht gleichzeitig durch das eigene Reich reisen UND in anderen Reichen Vorräte sammeln. Und ich glaube, Vorräte sind jetzt am wichtigsten."
„Damit hat er recht." Das klang ziemlich altklug und tadelnd von Wühlmaus.

„Nein, nein, so meinte ich das nicht. Was wäre denn …" Funkelauge zögerte kurz. Wie würde der König ihre Idee finden? Sie schaute schnell zu ihm: Er blickte sie auffordernd und neugierig an. Mutig sprach sie also ihren Gedanken aus: „Was wäre, wenn ICH durch das Reich ziehen würde? Ich kenne mich mit Handel aus und weiß, wie gute, ertragreiche Felder aussehen müssen. Ich kenne die Wege und Straßen, und auch viele Tiere. Ich könnte unauffällig Fragen stellen, Informationen sammeln und schauen, ob ich mehr als nur schlechtes Wetter als Sündenbock finde."

Der König lehnte sich zurück. Wenn Funkelauge Angst gehabt hatte, dass er nicht zustimmen würde oder die Idee gar unverschämt fände, hatte sie sich getäuscht. Er war begeistert und dankbar. Er stimmte zu und dankte ihr wieder, und wieder, und wieder. Seidenpfote hatte über den Abend hinweg ihre Klugheit schätzen gelernt. Er wusste, dass es eigentlich niemand besseren für dieses Unterfangen gab.

So war es also beschlossen. Das Ottermädchen würde die Dörfer des Reiches besuchen, sich die Felder anschauen, mit den Untertanen sprechen. Sie wollte herausfinden, was im Reich so schieflief, dass eine plötzliche Armut ausbrechen konnte. Überzeugt war sie, dass es nicht Seidenpfotes Schuld war. Etwas anderes musste dahinterstekken. Und sie würde es herausfinden.

Vor der Tür des Thronsaals huschte ein Lächeln über die Schnauze einer uns wohl bekannten Wasserratte: Ponzo. Die Reisepläne des Königs passten gut. Denn er hatte Geschäfte. Dringende Geschäfte. Geschäfte, bei denen er den König nicht benötigte. Er ließ die Tür los und wandte sich zum Gehen.

Flomps!

Das war die Tür! Ponzo erstarrte. Im Thronsaal merkten die drei Tiere auf: Sie hatten dieses „Flomps“ gehört. Sie hielten inne und lauschten. Aber es blieb still, sie hörten nichts weiter. Sie schauten zur Tür, aber die war zu. Kein Wunder: Sie war ja gerade zugefallen. Aber das wussten sie natürlich nicht. Nun gut, dachte der König. Es wird nichts gewesen sein. Er wandte seinen Blick wieder Wühlmaus und Funkelauge zu. Die aber hatte ihre hübschen Ohren gespitzt. Ein „Flomps“ hinter der Tür? Das war verdächtig. Das würde sie sich merken.

Auch Ponzo hatte stillgehalten. Als sich im Thronsaal nichts regte, sah er zu, dass er Land gewann. Was hatte er bloß vor?

3. Kapitel
Detektive in der Kornkammer

Im Thronsaal gaben sich König, Wühlmaus und Funkelauge die Pfoten: Mit einem Pfotenschlag war die Reise beschlossen. Im König stieg Hoffnung auf, die sich wie eine Sonne über sein geplagtes Reich erhob. So strahlend wie Funkelauges Augen ... Mist!, dachte Seidenpfote. Schon wieder hatte er sich ablenken lassen.

Er setzte an: „Ich wäre euch dankbar, wenn ihr mit mir die ausgeraubte Kornkammer anschauen würdet. Ich möchte wissen, was dort passiert ist. Wie konnte jemand dort eindringen? Die vielen Vorräte unbemerkt abtransportieren?“ Zwölf Pfoten setzten sich in Bewegung. Als sie die alte Eiche passierten, gesellten sich noch vier weitere Pfoten dazu. Aber das bemerkten sie nicht. Dazu waren diese Pfoten zu leise.

Der König führte sie zur Kornkammer. Scheinbar unberührt stand sie da, zeigte keine Anzeichen eines Einbruchs. Wühlmaus und Funkelauge sahen sich mit hochgezogenen Augenbrauen an, als sie vor der Kornkammer standen. Von außen vermittelte sie den Eindruck einer uneinnehmbaren Festung. Einzig die riesige, dicke Tür gab Gelegenheit einzutreten.

„Es gibt nur diese eine Tür?“, fragte Wühlmaus.
Der König nickte.
„Größere Fenster als die oben?“
„Nein.“ Seidenpfote schüttelte den Kopf.

Wühlmaus und Funkelauge bückten sich, gingen in die Knie und krochen sogar am Boden vor dem Eingang herum. So umrundeten sie die festen Mauern der Vorratskammer. König Seidenpfote wurde unruhig: Was beim großen Sumpfgeist machten die da? Wie sah denn das aus? Wie furchtbar unmodern! Und wie unvorteilhaft: Wühlmaus’ Bäuchlein schleifte durch den Staub, während sein volles Fell zu allen Seiten abstand und sein Hinterteil in eine prächtige graue Kugel verwandelte.

Während Funkelauge – ja, Funkelauge kroch geschmeidig an der Wand entlang. Was ein Bild! (Verdammt, schon wieder war er abgelenkt worden.)

„Hier“, rief das Otterweibchen. Die große, graue Kugel, die Wühlmausens Allerwertester war, hoppelte zu ihr hin. Wühlmaus sagte nichts, nickte nur wissend. Seidenpfote eilte zu den Beiden. „Was habt ihr gefunden?“
„Mein König, Spuren, direkt neben dem Eingang.“

„Ah, ja.“ Was bewies das schon. Schließlich war es der Eingang. Natürlich liefen da Tiere lang. Seidenpfote nickte also nur. Funkelauge beugte sich wieder tief hinab. Sie legte den Kopf schief, hielt ihn ganz dicht über den Boden und blickte prüfend in jede Richtung. Als sie zur Gebäudeecke schaute, verharrte sie. Sie kroch hin. Jetzt war der König gespannt. „Was siehst du?“

Das Otterweibchen lugte erst noch um die Ecke und richtete sich dann auf. „Hier war jemand, und offensichtlich wollte er nicht gesehen werden. Ich finde direkt an der Wand nur halbe Pfotenabdrücke.“

Der König schaute verdutzt: „Halbe Abdrücke? Wir suchen nach jemand mit halben Pfoten? Wer kann denn damit überhaupt noch laufen?“

Kurz musste das Otterweibchen ein Grinsen unterdrücken. „Nein, nein, mein König. Ich meine, dass dort jemand auf Zehenspitzen geschlichen ist! Ganz eindeutig eine Heimlichtuerei.“

„Aaah.“ Ja, das ergab Sinn. Wie schlau dieses Weibchen doch war.

„Also, die Spuren führen ...“ Funkelauge kroch nun wieder auf allen Vieren ... „von hier Richtung Eingang, dann wieder zurück, um die Ecke, um das ...“ Ihre Stimme verschwand hinter der Ecke der Kornkammer. Schnell liefen der König und Wühlmaus ihr nach, bogen um die Ecke – und sahen keine Funkelauge. Weit und breit war kein Otter, erst recht keine Otterdame mehr zu sehen.

„Funkelauge?“ Wühlmaus’ Stimme klang tatsächlich etwas besorgt. „Funkelauge? FUNKELAUGE! Ja, so melde dich doch!“ Seidenpfote wurde nervös.

„Hier“, ertönte dumpf eine Stimme.
„Wo?“
„Na, hier!“
„Wo?“

Wühlmaus schüttelte den Kopf, kratzte hektisch am Ohr und unterbrach diesen nutzlosen Austausch. Offensichtlich war Funkelauge direkt in der Nähe, aber sie sahen sie nicht. „Funkelauge“, rief er streng, „wo ist hier?“ „Das weiß ich nicht so genau. Ich kann nichts sehen. Es ist so dunkel.“ Die Stimme kam von links und noch dazu von unten. Wühlmaus schaute nach unten.

„Ich bin den Spuren gefolgt“, hörten sie wieder die Stimme des Weibchens, „und plötzlich bin ich gefallen.“ Das bestätigte Wühlmaus' Verdacht: Funkelauge musste in ein Loch gefallen sein, und dem Klang der Stimme folgend musste das Loch ... Wühlmaus schnupperte, bahnte sich einen Weg an der Außenmauer der Kornkammer entlang, die Schnauze tief am Boden. Er wurde schneller, hatte die Spur aufgenommen, wurde noch schneller. Der König sah ihm nervös zu und wollte ihn gerade warnen – da rannte Wühlmaus mitten in einen Holunderbusch.

„Au!“ Wild fuchtelte Wühlmaus mit seinen Pfoten. Das Zeug kratzte. Seidenpfote musste grinsen. Endlich schaffte es Wühlmaus, die Äste zur Seite zu biegen und seinen Kopf zu befreien. „Jetzt sehe ich was!“, schrie Funkelauge. „Da kommt Licht herein. Ich sehe, ich sehe ... es ist ... beim sumpfgrünen Dottermann – da ist ein Tunnel!“

„Wo?“ Seidenpfote sprang zu Wühlmaus, schubste ihn dabei unabsichtlich zur Seite, merkte es nicht und steckte den Kopf tief in den Holunderbusch. Wühlmaus dagegen fiel, gestupst vom König, gerade wieder in die Zweige hinein. Hu, war der sauer!

Egal; der König war zu aufgeregt, um das zu bemerken. Was hatte Funkelauge da entdeckt? Einen Tunnel? Direkt neben der Kornkammer? Womöglich führte der direkt in ...

„Hier liegen überall Körner“, ertönte Funkelauges Stimme. Und wieder wurde ihre Stimme leiser und schwächer. Dumpf und weit entfernt hörten sie gerade noch „Wahnsinn!“, dann war Stille.

Der König war besorgt und Wühlmaus einfach nur genervt. Er kämpfte sich wieder aus den Zweigen heraus, schaute den König finster unter seinen buschigen Augenbrauen an und deutete nach unten: „Hier, mein König." Direkt am Stamm des Busches, versteckt von den Zweigen, öffnete sich ein Loch.

Ohne zu zögern, sprang der König und verschwand von der Bildfläche. Wühlmaus grunzte: „Mist, dafür bin ich wirklich zu alt" – und sprang hinterher. Sie fielen nur kurz, landeten auf sandigen Untergrund und spürten, dass sie in einem weiten, großen Gang standen, der nach unten führte. Sie folgten ihm, schließlich war Funkelauge irgendwo vor ihnen. Der Tunnel führte kurz bergab, dann wieder sanft nach oben. Und da schien endlich etwas Licht in den Tunnel, rötliches Licht. Das musste aus der Kornkammer kommen. Und richtig: Wenige Schritte weiter tauchten ihre Köpfe hinter einem der wenigen Vorratsballen aus dem Boden der Kornkammer auf. Vor ihnen saß Funkelauge. „So kamen die Diebe also in die Kammer."

Seidenpfote war sauer. Wer wagte es, ihn so zu hintergehen?

„Jetzt wissen wir, wie es gemacht wurde, aber noch nicht, von wem", überlegte Funkelauge. „Mein König, wenn ihr es erlaubt, werde ich hier bleiben und mich noch etwas umsehen. Ihr werdet vermutlich packen wollen." Der König stimmte zu, und Wühlmaus war erleichtert. Dieses Krabbeln war nichts für ihn. Nur weg von hier. Eben wollte Wühlmaus

wieder in den Tunnel abtauchen, da hielt ihn der König am grauen Fell fest.

„Nein!“ Seidenpfote half Wühlmaus aus dem Loch heraus, was dem Mäuserich sehr recht war. Schließlich war er ein ernstes, wichtiges Tier und kroch als solches natürlich nicht gern durch unerlaubte Tunnel.

„Wir nehmen die Tür, wie es sich gehört!“ Mit diesen Worten drehte sich Seidenpfote um und schritt zur Tür, ganz wie ein König.

Funkelauge schaute ihm bewundernd hinterher. Als Seidenpfote und Wühlmaus verschwunden waren, stieg sie wieder in den Tunnel hinab und untersuchte jeden Zentimeter. Sie würde dem Dieb schon auf die Schliche kommen!

Als das Ottermädchen im Tunnel abgetaucht war und nicht mehr auftauchte, löste sich ein Schatten von den letzten übriggebliebenen Vorratsballen und huschte davon. Jemand hatte alles beobachtet.

4. Kapitel
Die grosse Reise beginnt

Am nächsten Morgen kratzte ein vorwitziger Sonnenstrahl am Palast und grüßte eine müde und eine beschwingte Figur, die den Hügel hochkamen: Neben Funkelauge schleppte sich ein muffeliger Wühlmaus die Anhöhe hinauf.

Zur gleichen Zeit flitzte im Palast der König hektisch hin und her. Er war spät dran. Hastig putzte er sich, warf sich eine Pfote voll Flusswasser ins Gesicht, huschte noch feucht in die Gewänder, schmiss sozusagen seine Stirnlocke in die perfekte Welle … im Ernst? Nein, für die Locke nahm er sich doch ein, zwei Sekunden mehr Zeit, bevor er in den Saal rannte und auf seinen Thron sprang. Geschafft! Schon wurden Funkelauge und Wühlmaus angemeldet.

Wühlmaus war noch immer nicht ganz wach. Er grummelte vor sich hin, während Funkelauge seine unterirdische Laune mit einem entzückenden Lächeln abtat: Da saß der König, frisch gestylt, und diese Haarlocke – ein Traum!

„Mein König“, begrüßte sie ihn und versank in den Hofknicks. Dann entdeckte sie neben dem König Ponzo, den königlichen Berater. Huldvoll nickt er ihr zu und bekam ein ärgerliches Funkeln zurück. So ein schöner Morgen, dachte Funkelauge, und dann verdirbt ihn mir der Anblick dieser spitzen Wasserrattenschnauze. Sie konnte nicht genau sagen, warum, aber sie mochte Ponzo nicht. Ab und an traf sie ihn auf ihren Reisen durch das Reich, und immer hatte sie das Gefühl, er freue sich nicht gerade, sie zu sehen, Nein, es war ihm sogar offensichtlich unangenehm. Immer verschwand er sehr schnell.

Funkelauge schüttelte schnell ihren Otterpelz und lenkte ihre Gedanken wieder auf den König: Es war ein schöner Morgen! Sie stand vor dem König – und würde sich gleich von ihm verabschieden müssen, weil alle auf ihre Reisen gingen. Ein merkwürdiges Gefühl, irgendwie.

Das merkte auch der verschlafene Wühlmaus, schaute sie fragend an und begrüßte dann erst einmal ausgiebig den König. Schließlich war er, Wühlmaus, ja wichtig.

Endlich kam auch der König zu Wort und sprach sein Willkommen aus. Seidenpfote hatte eine Ansprache eingeübt, als er morgens wach gelegen hatte, aber die hatte er gerade beim ersten Anblick von Funkelauges Augen vergessen. Das wiederum kam ihm seltsam vor, aber an so einem aufregenden Morgen konnte das schon einmal passieren. Also redete er munter darauf los: „Schön, dass ihr alle so früh gekommen seid. Ich danke euch. Wir haben heute viel vor, und auch morgen, und übermorgen und ... Naja, jedenfalls, heute wollen wir unsere Reisen starten." Hastig brachte er seine Locke in Form. „Ihr kennt sicherlich Ponzo, meinen Berater." Mit diesen Worten winkte der König den Berater neben dem Thron hervor. „Er wird während meiner Abwesenheit die Dinge im Palast regeln und am Laufen halten." Ponzo lächelte zuvorkommend.

Wühlmaus war immer noch nicht ganz wach und brummelte etwas, was wie „ärrrrhmmmpffffh" klang. Und Funkelauge zog erstaunt die Augenbrauen hoch. Der König vertraute dieser Wasserratte tatsächlich sehr. Womit hatte sich die Wasserratte eigentlich so viel Vertrauen verdient? Überhaupt, sie fand, dass Wasserratten in den vergangenen Monaten viel zu oft auftauchten, wo man hinkam: Die königliche Abgabenverwaltung beispielsweise lag mittlerweile mehr oder weniger vollständig in den Händen von Wasserratten. Sie sagten den Tieren, was sie an den König zu entrichten hatten, bei ihnen musste man Proteste anmelden – vermutlich deswegen, weil viele dieser Wasserratten eher ungemütliche Gesellen waren. Da überlegte man sich zweimal, ob man nun gegen die neue Barthaar-Abgabe protestieren wollte. Zum Segen der königlichen Kasse.

Speziell Ponzo fand Funkelauge nicht sonderlich nett – sie hatte natürlich gemerkt, dass Wühlmaus nicht so ohne Zutun in den Thronsaal gepurzelt war. So etwas tut man nicht! Vielleicht aber mochte sie Ponzo auch nicht, weil dieser als Berater des Königs zu einer Art Oberaufseher geworden war – immer wieder sah man ihn mit den anderen Wasserratten. Sie zogen durch die Dörfer, fragten nach Abgaben, tüftelten neue Abgaben aus – alles, um den Wohlstand des Reiches zu vermehren. Sagten sie. Dass viele Tiere das anders sahen, ist nicht überraschend, oder?

Überhaupt – wusste der König eigentlich, was Ponzo so alles trieb? Angeblich sah man ihn auch an so seltsamen Orten wie dem Moor des Flussreiches. Funkelauge fand diese Gerüchte ein wenig merkwürdig – niemand trieb sich dort herum. Normalerweise. Im Moor, so hieß es im Flussreich, trieben Geister ihr Unwesen.

Aber das Ottermädchen hielt sein hübsches Schnäuzchen geschlossen. Den König anzuzweifeln, war das eine – das machte man (oder Tier) einfach nicht. Zum anderen war es nicht die beste Idee, den königlichen Berater gegen sich aufzubringen. Natürlich war er so etwas wie eine Respektsperson.

„Wir wollen frühstücken.“ Bei diesen Worten des Königs wachte Wühlmaus endlich auf. Die Saaltüren öffneten sich und herein kamen Diener mit wunderbaren Speisen. Wühlmaus’ Augen wurden groß. Alle vier Tiere setzten sich und aßen vor der großen Reise noch einmal gemeinsam. Funkelauge wäre ja lieber allein mit dem König gewesen, das heißt, ohne Ponzo, aber so ist das nun mal bei Hofe. Ein König ist fast nie allein.

„Also“, brummelte Wühlmaus zwischen zwei Bissen mit leckeren gerösteten Seerosenwurzeln. „Ich habe noch einmal nachgedacht. Und das ist für dich, Funkelauge, sehr wichtig! Funkelauge?“

Nichts.

„Funkelauge!“
„Äh, ja?“
„Hrrrrchgrummelmmmpf.“

Funkelauge und der König lösten ihre Blicke voneinander und sahen nun Wühlmaus abwartend an. (Verdammt, schon wieder abgelenkt.)

„Also, wenn Funkelauge loszieht und sich im Reich nach Gründen für unsere Krise umschaut, wäre folgende Theorie zu bedenken.“ Und er holte aus, schließlich war er ja schlau, wichtig und überhaupt der Meister.

„Ich glaube, die Tiere haben Angst. Und deswegen sparen sie. Das ist sozusagen ein Angstsparen.“ Ratlose Blicke. Fachwörter, zum Frühstück. Pfui. Das war Wühlmaus egal, er redete weiter. Und je länger er sprach, desto interessierter wurden die Otter. Wühlmaus hatte eventuell recht. Natürlich waren die vergangenen Jahre nicht gut gewesen und die Ernten wegen des schlechten Wetters klein, aber das erklärte nicht die Krise, in der das Flussreich steckte. Was Wühlmaus dagegen erzählte, ergab einen Sinn:

„Seit ewigen Zeiten schon leben wir Tiere des Flussreiches nach einer Regel: Wir bauen Futter an und ernten. Von der Ernte geben wir einen kleinen Teil als Abgabe an die Kornkammer. Das Übrige teilen wir Tiere unter uns auf: Einen Teil fressen wir über das Jahr, den anderen Teil tauschen wir, um an andere Güter zu kommen. Wenn wir also Flussgerste anbauen, essen wir einen Teil, den anderen Teil tauschen wir beispielsweise gegen getrocknetes Flussgras, Weidenkörbe oder leckere Wasserlinsen ein.“

Funkelauge und der König nickten. Natürlich, das wussten sie doch. Ponzo schaute sogar eine Spur verächtlich. Das bemerkte Wühlmaus – wie immer, wenn er erst einmal redete – nicht und fuhr fort: „Einen weiteren Teil nehmen wir als Saatgut und pflanzen damit neue Gerste.“

Das stimmte.

„Je mehr wir in einem Jahr ernten, desto mehr können wir im nächsten Jahr aussäen und so unsere Erträge stetig steigern."

Ja, auch das war logisch.

„Wenn nun aber ein schlechtes Jahr käme und die Ernte vernichtet würde, dann hätten wir umsonst so viel ausgesät. Da hätten wir es lieber selbst gefressen. So ist das Saatgut verloren. Das ist die Gefahr dabei."

König und Otterweibchen nickten. „Man könnte auf die Idee kommen, wenn ein schlechtes Jahr vorausgesagt ist oder etwas anderes Angst verbreitet, mehr zu sparen und nur das Nötigste im Tausch zu erstehen, weil man so viel wie möglich selbst sparen möchte."

„Im Strumpf unter dem Kopfkissen", kam es von Funkelauge. Sie musste an ihre Großmutter denken, die immer einen Sack voll Vorräte unter ihrem Kissen gehabt hatte, für schlechte Zeiten.

Auch der König konnte Wühlmaus folgen. Ponzo allerdings sah aus, als fände er das alles lächerlich. Aber Wühlmaus ließ sich nicht gern unterbrechen, versuchte, seine Fäden wieder aufzunehmen, und schaute Funkelauge für ihren Kommentar von Omas Socken strafend an.

Vor lauter Begeisterung über seine Klugheit, kam er ins Stolpern: „Was nun passiert, mein König, ist ein turchtfarer Feufelskreis, äh, burchtfarer Keufelstreis, nein ..." In Wühlmaus' Kopf flogen die Gedanken schneller als er sprechen konnte. Er wollte, musste dem König und Funkelauge seine Theorie mitteilen. Er meinte nämlich, das Problem des Flussreiches erkannt zu haben. Und es war wichtig, dass Funkelauge diese Gedanken mitnahm auf ihre Beobachtungsreise. Deswegen wollte er es so schnell wie möglich erklären und ... dabei verhaspelte er sich. Langsam, lieber Meister Wühlmaus, mach langsam. Sonst kommen wir ja auch gar nicht mit!

„Teufelskreis, ein furchtbarer Teufelskreis", fast spuckte Wühlmaus die richtigen Worte aus. „Wenn alle wie wild anfangen zu sparen und keiner mehr beispielsweise Extra-Saatgut in die Erde bringt, können keine größeren Ernten mehr eingefahren werden."

Wieder nickte der König, Funkelauge aber zögerte: „Na ja", sagte sie, „das erklärt aber nicht die Not. Denn die normale Ernte ist ja noch möglich. Die Überschüsse erlauben uns zwar einen gewissen Luxus, da wir Futter und andere schöne Sachen eintauschen können. Aber die benötigen wir nicht zum Überleben. Eigentlich dürfte es auch ohne extra Saatgut keinen Hunger geben."

Funkelauge war klug! Wieder bewunderte sie der König. Ein wacher Geist hinter einer sehr hübschen Stirn.

Auch Wühlmaus freute sich über Funkelauges Beobachtung. „Du hast vollkommen recht, Funkelauge", bestätigte er. „Aber lasst es mich an einem Beispiel erklären. Du, Funkelauge, baust Flussgerste an. Weil das Wetter schlecht sein soll, wirst du nicht alles Saatgut in die Erde bringen, sondern sparst dir etwas auf." „Ja, so bin ich". Alles grinste. Wühlmaus fuhr fort: „Am Ende des Sommers erntest du und hast – obwohl dir Hagel und Regen einen Teil der Ernte zerstört haben – mit dem gesparten Korn einen guten Vorrat für den Winter, genügend Saatgut für das nächste Jahr und dazu ein wenig mehr übrig von der Gerste, um das Nötigste zu tauschen. Mal sehen, was du wirklich benötigst: ein bisschen gedörrtes Obst wegen der Vitamine, etwas getrockneten Fisch für das Eiweiß, etwas Öl, Salz und Zucker. Damit kommst du über den Winter."

„Ja, das sollte reichen", murmelte Funkelauge. Der Gedanke an den Verzicht von eingesalzenem Froschlaich, Wasserlinsen oder dem Nektar von Seerosen fiel ihr schwer. Betrübt schaute sie Wühlmaus an.

Der spielte das Beispiel weiter: „Das heißt, du gehst eben nicht zu deiner Lieblingsnachbarin, die diesen wunderbaren Seerosennektar herstellt, und besorgst dir eben keine Flaschen."

„Nein". Immer noch traurig schüttelte Funkelauge den Kopf. Dem König wurde ganz weh ums Herz, als er das mitansehen musste.

„Das wiederum heißt", setzte Wühlmaus erneut an, „dass deine Nachbarin nicht so viel Nektar verkaufen kann wie sonst."

„Stimmt."

„Dein schlechtes Jahr wirkt sich also auch auf sie aus. Daher wird sie ebenfalls sparen und sich keinen Luxus erlauben, sondern zusehen, dass sie ihre Vorräte für den Winter zusammenhält."

„Aaaah ja."

„Wir sind noch nicht fertig", fuhr die Maus fort. „Wenn nun die Seerosennektardame ebenfalls spart und beispielsweise keine Weidenkörbe mehr kauft, in denen sie die Seerosenblüten gesammelt hat, weil sie die gar nicht mehr braucht, kommt auch der Weidenkorbmacher in Bedrängnis und fängt ebenfalls an zu sparen."

Langsam ging dem König ein Licht auf. Wie ein Schüler in der Schule reckte er die Pfote hoch über den Kopf. Ponzo wollte sich wegschmeißen vor Lachen. Wie lächerlich, ein König, der die Pfote hob. Und überhaupt, was sollte dieser Quatsch von der grauen Maus da. Sie sollten ihre Pfoten aus den Angelegenheiten des Königs halten. Er würde das schon ganz alleine regeln. Er war der wahre Beschützer des Reiches.

Nichtsahnend von den Gedanken des königlichen Beraters fuhren die anderen drei Tiere fort – ihnen war das hier sehr wichtig! Wühlmaus nickte Seidenpfote zu: „Ja?" fragte er ihn, zugegebenermaßen wie ein Oberlehrer.

Der König sprach langsam, seine Erkenntnis quälte ihn: „Wenn alle anfangen zu sparen und nur noch das Nötigste herstellen und nicht mehr tauschen, dann bleiben alle auf ihren Tauschwaren sitzen. Dann werden sie noch weniger herstellen. Denn jeder bekommt Angst und fängt noch wilder an zu sparen. Es wachsen dann also die Sockenberge unter den Kopfkissen, aber es findet kein Handel mehr statt. Und wenn kein Handel mehr stattfindet, wenn niemand mehr tauscht, wird immer weniger hergestellt, und wenn weniger produziert wird, wird noch weniger getauscht, und – Wühlmaus, das ist furchtbar! Ein ganz furchtbarerer Teufelskreis. Wir müssen die Socken unter den Kopfkissen hervorholen!" Der König sprang vom Thron und rannte aufgeregt auf und ab.

Wühlmaus fiel erschöpft auf seine kugeligen Allerwertesten: Der König hatte verstanden.

Funkelauge aber grübelte: „Das erklärt, warum es dem Flussreich auf einmal schlecht geht“, murmelte sie. Dann kam ihr ein Gedanke, und sie sprach ihn laut in den Thronsaal hinein: „Aber was macht den Tieren so viel Angst, dass sie wie wild sparen?“

Wühlmaus war so ermattet, dass er nur noch die Pfote hochheben konnte als Zustimmung. Der König hielt in seinem Rennen inne, schaute das Otterweibchen an und wusste: Ja, das war die große und einzige Frage der Stunde. Was machte den Tieren in seinem Reich so viel Angst?

Selbst Ponzo saß nun angespannt da und beobachtete den König. Diese Frage hatte nun auch ihn aufgeschreckt.

In diesem Moment knarzte die Saaltür, öffnete sich und eine Palastwache trat ein: „Mein König, es ist alles bereitet.“

„Richtig, die Reise“, Seidenpfote, Wühlmaus und Funkelauge erwachten wie aus einem Traum. Es wurde höchste Zeit für den Aufbruch. Wühlmaus rappelte sich auf. Der König richtete seine Krone, und Funkelauge wappnete sich für den Abschied. Sie alle hatten eine Mission. Ponzo strich seine luxuriösen Brokatgewänder glatt und rauschte als Erster aus dem Saal

„Ja dann, können wir los?!?“, muffte Wühlmaus.

Nichts geschah.

„KÖNNEN WIR LOS???“, wiederholte Wühlmaus nun vehementer.

...

Beim großen Sumpfmann noch einmal, was war denn da los? Wühlmaus schaute schließlich hoch und sah zwei völlig in ihren Blicken miteinander versunkene Otter vor sich. Was war das denn? „Hey!“ ranzte er und stupste Funkelauge an.

„Entschuldige, Wühlmaus, ja, ja, wir müssen los.“ Funkelauge errötete und suchte schnell ihre Sachen zusammen.

„Ah ja, die Reise“. Seidenpfote kehrte in das Hier und Jetzt zurück, während Wühlmaus ungeduldig mit seiner Pfote auf den polierten Palastboden tippte.

Dann ging alles sehr schnell: Die Leibwache des Königs stand vor den Palasttoren bereit, das Gepäck war unter den Trägern verteilt und die Küche gab jedem noch einen Proviantbeutel mit. Der König reiste mit so wenig Aufwand wie möglich: Sicher war es nicht ratsam, mit einem riesigen Hofstaat bei anderen Herrschern aufzutreten und um Unterstützung zu bitten. Außerdem brauchte das Flussreich jede freie Pfote zur Hilfe beim Wiederaufbau. Es war also eine kleine Gruppe, die in der Morgensonne in einer ordentlichen Reihe den Hügel in ein ungewisses Abenteuer herabmarschierte.

Funkelauge stand vor den Palasttoren, und ausnahmsweise funkelte einmal nicht das Sonnenlicht, sondern eine Träne in ihren Augen. Da schritt der König von dannen. Sie wünschte ihm alles Glück der Welt, gab ihm ihre besten Wünsche mit auf seinen langen Weg und hoffte auf eine baldige und glückliche Rückkehr. „Ach, Seidenpfote“, seufzte sie innerlich, nicht wissend, dass im selben Moment der junge König auch an sie dachte.

Keiner ahnte, wie ernst das Schicksal es mit ihnen meinte. In den nächsten Tagen sollte das Ottermädchen auf die größte Probe seines Lebens gestellt werden. Aber noch schien alles friedlich. Die Reisegruppe schritt guten Mutes den Hügel hinab und verschwand langsam hinter der Flussbiegung. Funkelauge wandte sich ab und ging in den Palast zurück. Auch auf sie wartete eine Reise.

Als sich das Palasttor hinter ihr schloss, trat aus einem nahestehenden Gebüsch Ponzo hervor. Er hatte den Abschied beobachtet. Jetzt schnürte auch er sich ein Päckchen auf den Rücken und marschierte los. Moment mal, sollte er nicht den König vertreten und im Palast bleiben? Nein, Ponzo hatte wichtige Regierungsgeschäfte außerhalb des Palastes zu regeln und schritt mit zwei unterwürfigen Wachen davon.

Währenddessen entwarfen Funkelauge und die weiteren Berater des Reiches einen Plan, um allen Dörfern und Ansiedlungen im Flussreich schnell zu helfen. Alle Palastbediensteten wurden zusammengetrommelt. Jetzt, da der König auf Reisen war, wurden sie im Palast nicht benötigt. Daher teilte das Otterweibchen sie in Gruppen ein; jeder Gruppe gehörte jemand vom Küchenpersonal und von den Fisch- und Jagdbeauftragten an, um die Versorgung zu sichern. Hinzu kamen Wachen und Handwerker. Sie würden beim Wiederaufbau kräftig zupacken können. Schließlich gab Funkelauge jeder Gruppe ihre Aufträge und ihren Bestimmungsort mit und sandte dann alle aus.

Das alles hatte Zeit gefordert. Aber plötzlich war der Palast leer. Wo noch vor zwei Tagen der junge und moderne König Seidenpfote über das Flussreich regiert hatte, wo leckere Düfte aus der Palastküche durch die Flure gewabert waren, wo im Palasthof das tägliche Training der Wachen mit klirrenden Waffen stattgefunden hatte – hallten nun die Wände wider. Die Gemächer und Unterkünfte waren leer, das Feuer in der Küche gelöscht, die Töpfe kalt, der Palast ausgestorben. Still und verwaist stand der Thron im Thronsaal. Langsam drehte sich Funkelauge um und wandte sich zum Ausgang.

Da kam ihr ein Gedanke: Wo war eigentlich der engste Berater des Königs? Ja, wo war Ponzo?

Der war schon ein gutes Stück vorangekommen. Während sich der König und seine Mannen nach Osten wandten, zum Reich der Haselmaus, wanderte Ponzo nach Norden. Weiß der große grüne Sumpfmann, welchen Geschäften er da auf der Spur war, aber über ihn muss sich keiner Gedanken machen. Oder doch?

5. Kapitel
Im Reich der Haselmaus

Der König kam mit seinem kleinen Trupp gut voran. Sie schritten kräftig aus, und gegen Mittag des dritten Tages erreichten sie die östliche Grenze des Reiches. Zum Glück war das Wetter gut. Außerdem gab der Proviantbeutel der Palastküche einiges her. Ja, sie waren allesamt gut gelaunt. Na ja, Wühlmaus war wie immer wortkarg, und wenn er was sagte, dann holte er weit aus und belehrte sie alle. Aber noch fiel es allen leicht, das mit Humor zu nehmen.

Der König hatte sich die Route gut überlegt. Sie würden als erstes die Grenze zum Waldreich überqueren. Dort hoffte er auf gute Gespräche mit der Königin des Waldreiches, der Haselmaus. Ihr Reich war bekannt für die größten und schmackhaftesten Haselnüsse. Sollte er bei ihr Schulden machen können und Haselnüsse in großer Menge bekommen, wäre die erste Not in seinem Reich gelindert. Er würde ein paar Wachen aus seinem Reisetrupp mit den Vorräten nach Norden ins Biberreich schicken, das war nur einen Tagesmarsch entfernt, damit sie dort die Vorräte auf ein Floss verluden. Das war die einfachste Art, die Nüsse in sein Flussreich zu transportieren.

Er selbst würde einen Schlenker über das Reich des Mümmelmann machen, um dort weitere Vorräte zu ergattern. Dann würde auch er nach Norden zum Biberreich wandern, um dort ebenfalls auf ein Floss umzusteigen. Das war der Plan.

Als sie die Grenze zum Waldreich überschritten, passierte – nichts. Der Wald stand friedlich wie immer. Lauschte man, dann hörte man Zeichen von tierischer Betriebsamkeit: Eichhörnchen sprangen durch die Baumkronen, Mäuschen raschelten im Unterholz auf ihrer Suche nach Leckereien. Und ganz entfernt konnte man das Schlurfen eines größeren Tieres erhaschen, vermutlich ein Dachs. Hier war die Welt in Ordnung. Es galt, den Weg zum Palast der Haselmaus zu finden. Seidenpfote war schon ein paar Mal dort gewesen. Es war nicht mehr weit, das wusste er. Er konzentrierte sich auf den Weg, und die anderen folgten ihm.

Schließlich wurden doch ein paar Tiere auf den Trupp aufmerksam. Neugierig kamen sie näher und stellten Fragen. Ein paar Spechte, königliche Späher, flatterten aufgeregt los, um im Palast von den Besuchern zu berichten. Dann wiederum gab es neugierigere Nasen, richtig müsste es heißen: einen neugierigen Schnabel. Denn da war eine Kohlmeise, die sehr an Wühlmaus interessiert war. Wenn Seidenpfote nicht alles täuschte, flog diese Meise ihnen schon länger hinterher, nämlich schon seit dem Flussreich. Es war eine Jungmeise, sie konnte erst letztes Jahr geschlüpft sein. Daher entschuldigte der König dem Jungtier dieses unhöfliche Verhalten, schließlich verfolgte man keinen König! Aber er war genervt von der Meise: Was wollte sie?

Noch übler gelaunt über diesen Reisebegleiter war Wühlmaus. Er fühlte sich von der Kohlmeise sehr bedrängt. Dauernd war sie da, trällerte ihr Liedchen, flatterte um seinen Kopf herum. Das machte ihn wahnsinnig. Er versuchte es mit verschiedenen Taktiken: Erst ignorierte er sie. Aber das war schier unmöglich: Wie konnte man so tun, als ob man einen Vogel, der einem andauernd um die Ohren flog, nicht bemerkte? Dann versuchte er es mit Schweigen. Er beschränkte sich darauf, die Kohlmeise, wenn sie ihm mal wieder zu nahe kam, mit der Pfote wegzuwedeln. Doch das Spiel gefiel der jungen Meise, und sie wurde nicht müde, immer wieder in Sturzflügen auf Wühlmaus hinabzustoßen. Schließlich untersagte der König der Meise jegliche Annäherung. Daraufhin setzte sich die junge Meise als ein betrübt aufgeblasener Federball auf einen der unteren Äste vor ihnen und weinte dicke Kohlmeisentränen. Ein Bild des Jammers. So etwas konnte Seidenpfote nicht mit ansehen. Also winkte er die Meise wieder heran und fragte sie nach ihrem Begehr. Er musste aber feststellen, dass sie ihn offenbar tatsächlich nicht verstand. Wo kam dieser Vogel eigentlich her, wenn er weder die Sprache des Flussreiches noch die des Waldreiches sprach?

Seidenpfote fand das seltsam, dachte aber nicht weiter darüber nach. Was konnte eine winzige Meise seinem Trupp schon antun?

Schließlich wurde es Abend, und es war Zeit, das Lager aufzuschlagen. Wenn sie morgen in aller Frühe losmarschierten, könnten sie mittags den Palast der Haselmaus erreichen. Nach einem Abendessen legten sich alle hin – bis auf Seidenpfote. Er suchte sich ein stilles Plätzchen zum Nachdenken, setzte sich ins weiche Moos und lehnte sich an einen Baum. Tief atmete er die würzige Waldluft ein und wieder aus, mehrmals. Das tat gut nach dem anstrengenden Reisetag. Alles war ruhig. Selbst die Meise war nicht zu hören. Seidenpfote hielt inne: Die Meise! War das nicht seltsam? Nachts hörte und sah er sie nie. Wo war sie? Er konnte sich nicht vorstellen, dass dieses junge Ding, das ihre Gesellschaft so frech einforderte, nachts das Alleinsein vorzog. Der junge König suchte die Äste der umstehenden Bäume ab. Er konnte keinen plüschigen Federball entdecken.

Er würde sie morgen fragen. Jetzt wollte er im Geiste noch einmal die Rede durchgehen, die er für die Königin vorbereitet hatte. Langsam wurden seine Lider immer schwerer, das Denken wurde zunehmend mühsamer ... und schließlich rutschte er – sehr unköniglich – mit seinem Rücken am Stamm hinunter, und als sein Kopf mit der wunderbaren Stirnlocke ins Moos sank, war er auch schon eingeschlafen. Reisen ist was Feines, aber es macht wirklich furchtbar müde.

Schließlich lag das gesamte königliche Lager in tiefem Schlummer. Ein seichter Wind schaukelte die Äste und raschelte leise in den Blättern. Wühlmaus grunzte im Schlaf, wuchtete sein dickes Mäusebäuchlein in eine bequemere Schlafstellung und träumte von vollen Honigfässern und sprudelnden Walderdbeersaftquellen.

Im Reich der Haselmaus

Am Morgen brach der Trupp sehr früh auf. Alle freuten sich auf die Siedlung und den Palast. Nach den fast einsamen Tagen im Wald wollten sie wieder unter Tiere kommen. In ihrem Eifer vermissten sie auch das Meischen nicht, das tatsächlich nicht auftauchte. Als Seidenpfote das gegenüber Wühlmaus erwähnte, grunzte dieser nur: „Na endlich!“

So wanderten sie frohgemut durch den Wald und merkten, wie er sich immer mehr lichtete. Die Sonne fand immer mehr Flecken, durch die sie bis auf den Waldboden dringen konnte, und schließlich trat der Tross aus dem Wald hinaus auf freies Feld. Vor ihnen lagen die Siedlung und der Haselpalast. Sie hatten ihr erstes Ziel erreicht. Der Palast wirkte belebt, aber friedlich. Schließlich hatten die Spechte ja der Königin von der Ankunft des Flussreichkönigs berichtet. Sie wurden erwartet. Schon eilten ihnen Mäuse entgegen und hießen sie freundlich willkommen.

Dennoch, als sie durch das Tor schritten, überkam den König ein seltsames Gefühl, als würden sie beobachtet. Er ließ sich nichts anmerken und blickte sich lächelnd um. Alles schien gut zu sein. Er wandte den Kopf noch weiter und blickte zurück zum Wald. Für einen Moment meinte er, die kleine Meise erkannt zu haben. Aber wenn, war sie weit weg. Offenbar wollte sie nicht in den Palast oder auch nur ins Dorf. Wie auch immer, dachte Seidenpfote.

„Seid gegrüßt, junger König des Flussreiches." Seidenpfote drehte schnell den Kopf: Sie waren inzwischen in einen großen Saal eingetreten, und ihm trat die Haselmauskönigin entgegen.

Die Königin des Haselreiches war um einiges älter als Seidenpfote. Sie war als gerecht, gütig, streng, aber auch ein wenig verschroben bekannt. Eines ihrer Markenzeichen war die lange Pfeife aus Eichenholz, die sie stets bei sich trug und mit der sie gerne ein Ründchen paffte.

Offen musterte sie nun ihren jüngeren Besucher. Der Königin gefiel, was sie sah. Die Nöte des Flussreiches hatten sich herumgesprochen. Gerade weil der König jung, aber gut war, war er Gesprächsthema. Denn keiner mochte wirklich ihm die Schuld an der Misere geben. Im Gegenteil, die Haselkönigin war sehr angetan von seinem Verhalten. Dass er, der König,

selbst auf Reisen ging, um in den Nachbarreichen vorzusprechen, war eines wahren Königs würdig.

Freundlich winkte sie Seidenpfote, näher zu treten, während sie sich selbst auf ihren Thron niederließ. Dabei zog sie unablässig an ihrer Pfeife und hüllte sich in dicke Rauchschwaden. Aus ihnen drangen nun dumpf ihre Worte: „Ihr habt eine lange Reise hinter euch", sagte sie. Seidenpfote verbeugte sich und versuchte gleichzeitig zu nicken. Sah ein wenig ungelenk aus, irgendwie unmodern. Als er sich wieder aufrichtete, schaute er die Haselmauskönigin offen an. Sie war eine enge Freundin seines Vaters gewesen, und auch er betrachtete sie als Freundin. Hatte er damit recht?

„Euer Gefolge soll in den Speisesaal gehen, dort werden sie aufs Beste versorgt werden. Wir beide bleiben hier und bekommen einen Imbiss, während ihr mir euer Anliegen schildert", sprach die Haselmaus weiter. Sofort führten ihre Diener und Wachen die Befehle aus.

Beim nasskalten Sumpfmann, sie hat alles gut im Griff, dachte Seidenpfote.

Seine Kameraden wurden hinausgeleitet, und unter Nörgeln und Brummeln wollte auch Wühlmaus ihnen gerade folgen, als Seidenpfote bat, dass Wühlmaus bleiben dürfe.

„Er ist auf dieser Reise sozusagen mein Berater, verehrte Königin. Bitte erlaubt, dass er bleibt. Vier Ohren hören und verstehen besser als zwei."

Die Königin nickte. „So soll es sein."

Für Seidenpfote und Wühlmaus wurden Sitze herangerückt, flugs ein Klapptisch aufgestellt, und schon bekamen die drei einen wunderbaren Imbiss serviert. Als alles angerichtet war, verschwanden die Wachen und Diener. Die Königin griff sich einen Becher mit Holundersirup, nippte daran und schaute Seidenpfote über den goldenen Becherrand hinweg an. Sie lächelte ihm aufmunternd zu und sprach: „Nun, junger König des Flussreiches, sind wir gestärkt und unter uns." Dabei nickte sie Wühlmaus wohlwollend zu. „Zögert nicht: Sprecht offen und wahr."

Währenddessen wurden die Diener und Wachen des Königs im Speisesaal versorgt, später wurden ihnen Schlafplätze zugewiesen. Himmel, wie schön war es, nach ein paar Nächten unter freiem Himmel auf dem Waldboden sich mal wieder auf einem gemachten Lager ausstrecken zu können. Schon bald fielen ihnen allen die Augen zu, die Gespräche verstummten. Die ersten Tiere fingen an zu schnarchen, bekamen sofort ein Kopfkissen an ihre Köpfe geworfen – ja, selbst superweiche Kopfkissen hatten sie hier bekommen –, und schließlich schliefen sie alle.

Im Thronsaal der Haselkönigin aber war an Schlaf noch lange nicht zu denken. Die Sonne ging unter. Diener kamen in den Saal, um die Kerzen in den 1000 Leuchtern an den Wänden zu entzünden. Schön sah das aus. Im goldenen Schein der vielen, vielen Kerzen saßen die drei Tiere und redeten und redeten, erst Seidenpfote, offen und ehrlich, wie es die Königin verlangt hatte. Dann sprach die Königin, darauf Wühlmaus, dann Seidenpfote, Wühlmaus, die Königin ... Ihr merkt es: Einfach so mal eben macht man keine Schulden.

Aber stellt euch vor, jemand kommt zu euch und bittet um Vorräte für ein ganzes Reich! Es war ja nicht so, dass die Königin nicht helfen wollte. Doch, das wollte sie, sehr gerne. Aber wie Seidenpfote war auch sie selbst für ein Reich verantwortlich. Tausende von Tieren vertrauten ihr, ihrer Königin. Und natürlich hatten die schlechten Sommer der letzten Jahre, unter denen das Flussreich gelitten hatte, auch ihr Königreich getroffen. Ihre Vorratskammern waren nicht so prall gefüllt wie sonst. Das hieß, dass sie vorsichtig sein musste.

„Lieber Seidenpfote, ich vertraue euch. Aber ich brauche eine Sicherheit. Es klingt, als seien es nicht nur die schlechten Sommer und der Einbruch in eure Kornkammer gewesen, die das Flussreich in diese Schwierigkeiten gebracht haben."

Seidenpfote wurde übel. Er musste ihr recht geben. Das waren auch seine Gedanken gewesen. Die schlechten Sommer konnten nicht alleine der Grund sein, warum es seinem Reich so schlecht ging. Irgendetwas in seinem Reich lief nicht gut. Aber was? Wieso? Seit wann? Und was bedeutete der Einbruch? Das war kein schlechter Sommer, kein Schicksal, das war – ja, was eigentlich? Dem König wurde auf einmal klar, dass mehr hinter der ganzen Sache stecken musste. Nicht irgen-

detwas, sondern irgendjemand steckte dahinter – warum sollte sonst die Kornkammer ausgeraubt worden sein?

Seidenpfote bekam Angst: Funkelauge! Sie erkundete gerade sein Reich. Wenn jemand dahinter steckte, dann könnte sie darauf stoßen. Und dieser Jemand wäre sicher nicht erfreut, wenn ihm jemand nachschnüffelte.

Auf einmal machte er sich große Sorgen um sie. Der Gedanke wurde immer deutlicher: Im schlimmsten Fall steckte ... ja, steckte JEMAND hinter all seinen Problemen. Nur Regen, Hagel und Stürme brachten kein Reich an den Abgrund. Das sah er hier im Haselreich. Trotz aller Widrigkeiten ging es ihnen gut. Es musste etwas Schlimmeres dahinter stecken in seinem Reich. Und dieser Jemand war vielleicht jetzt noch in seinem Reich unterwegs und Funkelauge ihm auf den Fersen.

Unruhig fing der König an, hin und her zu rutschen. Wühlmaus schaute ihn fragend an.

„Beim großen Sumpfmann, ich war so dumm", brach es aus ihm hervor. „Funkelauge!" „Funkelauge? Du willst doch nicht allen Ernstes behaupten, dass Funkelauge damit etwas zu tun hat!" Entrüstet fiel Wühlmaus fast vom Hocker.

„Nein, nein, im Gegenteil. Wühlmaus, die Königin hat recht: Es muss sehr viel mehr bei uns dahinter stecken. Und Funkelauge ist ganz allein auf ihrer Reise, um genau das herauszufinden. Was ist nun, wenn sie die Quelle allen Übels findet und wenn es eben nicht, also, wenn, wenn ..."

„Wenn gar nicht der Regen und die Stürme dahinter stecken, sondern Pfoten, ein Tier", beendete Wühlmaus den Satz seines Königs. Nun wurde auch er kreideweiß.

Die Königin schaute von einem zum anderen. „Eine Freundin von euch ist in eurem Reich unterwegs?"

„Ja, Funkelauge. Sie ist das klügste, beste, schlaueste ..." Seidenpfote versagte die Stimme.

Wühlmaus übernahm das Reden und erklärte der Königin von dem Plan, den die drei, Seidenpfote, Funkelauge und er selbst, einst im Thronsaal des Flusspalastes ausgeheckt hatten. Obwohl es nur wenige Tage her war, kam es ihm so weit weg vor, als wäre inzwischen ein halbes Jahrhundert vergangen. Genauso ging es Seidenpfote. Die Haselkönigin saß stumm auf ihrem Thron und betrachtete die beiden Tiere vor sich. Sie fühlte mit. Das waren große Nöte, in denen der junge König da steckte.

„Das Einzige, was ihr tun könnt, ist, eure Reise schnell fortzusetzen und möglichst bald ins Flussreich zurückzukehren“, sagte die Haselmaus. So schwer es den beiden Gästen auch fiel, sie mussten einsehen, dass die Königin recht hatte. Selbst wenn einer von ihnen zurückeilte, um Funkelauge zu suchen, wüssten sie ja gar nicht, wo sie sie suchen sollten. Nein, die Königin hatte recht, sie mussten ihre Reise zu Ende bringen. Seidenpfote seufzte.

Die Königin schaute ihn an und fasste einen Beschluss. Man sah dem jungen König die Strapazen an, die Sorgen, die Reise, die Angst um sein Reich und das Ottermädchen, alles. Er war erschöpft. Sie konnte zwei Dinge für ihn tun. Also sagte sie: „Lieber Seidenpfote, ich sage dir meine Hilfe zu. Morgen werden wir einen Wagen mit Vorräten beladen und ihn mit ein paar deiner Wachen ins Flussreich schicken. Über die Menge und die Bedingungen mache ich mir noch Gedanken. Euch aber“ – und sie schaute beide, Wühlmaus und Seidenpfote an – „sollen meine Diener jetzt in eure Schlafkammern bringen. Ihr braucht Schlaf. Morgen sieht die Welt schon wieder rosiger aus.“

Wühlmaus stöhnte dankbar. Der Gedanke an ein gemütliches Bett war wundervoll. Und Seidenpfote wusste gar nicht, wie er der Königin danken sollte, er dankte und dankte und dankte – bis sie abwinkte. Sie musste lächeln: „Es reicht. Geht jetzt!“

Seidenpfote und Wühlmaus wurden in eine Kammer mit zwei wunderbar weichen Betten geführt. Durch das Fenster blickten sie auf den nachtschwarzen Wald – es war spät geworden. Mit einem letzten „Gute Nacht“ krabbelten beide unter ihre Decken und waren sofort eingeschlafen.

Sie bekamen nicht mit, wie in den frühen Morgenstunden plötzlich ein plüschiger Federball auf ihr Fensterbrett kullerte, hektisch zwei zarte Füßchen aus dem Federball streckte, um sich festzukrallen, das aber nicht schaffte. Das Bällchen rollte weiter und plumpste auf den Boden. Wenn ihr euch vorstellen könnt, wie ein leise gezwitschertes „Aua" klingt, dann wisst ihr, welchen Laut das Federbällchen von sich gab. Natürlich war es die junge Meise. Sie war – woher auch immer – zurückgekehrt und schaute nun selig Wühlmaus an, der nichtsahnend vor sich hin schnarchte. Schnell sortierte die Meise ihre Federn und rollte sich unter dem Bett ein. Dort machte sie es sich bequem und schloss die Augen. Auch sie war völlig erschöpft. Sie hatte einen langen, langen Flug hinter sich.

In ihren Gemächern lag die Königin und überlegte noch ein wenig, wie sie dem jungen König helfen konnte. Ihr kam eine Idee, und mit dieser auf dem Rande ihrer Gedanken ... schlief auch sie ein.

Und Funkelauge? Das erzählen wir euch im nächsten Kapitel.

Aus diesem Kapitel schleichen wir uns jetzt auf Zehenspitzen hinaus. Unsere Freunde haben Schlaf so dringend nötig – wir wollen sie nicht wecken.

6. Kapitel
Funkelauges Abenteuer

Drei Tage war es her, seit Funkelauge den König und Wühlmaus verabschiedet hatte. Kurz nach ihnen war auch sie aufgebrochen und hatte ihre Reise durch das Flussreich begonnen.

Sie hatte nicht lange überlegt, wo sie ihre Suche beginnen sollte: Funkelauge würde die Möwen aufsuchen, deren Station am Ufer des Meeres lag. Die Möwen waren die Luftpost des Reiches. Auf ihren Flügen quer über das Flussreich müsste den Luftakrobaten doch aufgefallen sein, wenn irgendwo etwas Seltsames vor sich ging. Und hatte der König nicht gesagt, dass sich die Möwen in letzter Zeit kaum noch blicken ließen? Wieso? Es schien ihr eine gute Idee, dieser Frage nachzugehen und die Möwen zu besuchen.

Mit diesem Ziel wuselte das Ottermädchen los. Die Sonne schien und das Land wirkte friedlich. Allerdings fiel unserer Detektivin auf, dass sie kaum einem Tier begegnete. Eigentlich müssten die Bewohner des Reiches doch bei solchem Wetter am Ende des Winters unterwegs sein und auf ihren Feldern arbeiten. Doch die ersten zwei Tage sah Funkelauge – nichts: Kaum eine fleißige Pfote auf den Wegen und den Feldern. Am zweiten Tag schaute sie dann genauer hin – und erschrak: Die Felder, auf denen die Tiere des Flussreiches ihre Flussgerste und anderes anbauten, wurden immer karger, je weiter sie sich vom Palast entfernte. Sie sahen verwildert aus. Auf ihnen würde im Leben nichts wachsen können. Funkelauge trat auf ein Feld, bückte sich

und schaute sich den Boden an. Von Gerste oder anderem war nichts zu sehen. Stattdessen erstickten die vermoderten Reste aus dem Vorjahr jeden Sprössling, der sich an die Frühjahrssonne kämpfen mochte.

„Beim mächtigen Sumpfmann. Das ist furchtbar!“ Funkelauge schrak hoch, drehte sich um und wollte irgendjemanden dazu befragen – aber da war niemand, überhaupt niemand. Seit Stunden hatte sie kein Tier gesehen.

„Das ist nicht gut, gar nicht gut“, murmelte das Ottermädchen und beschloss, sofort eines der Dörfer aufzusuchen. Dort könnte man ihr bestimmt etwas darüber sagen. Sie eilte los. Eine Stunde später erreichte sie ein Dorf, das – in einem kleinen Wäldchen gelegen – sich zwischen die großen Bäume kuschelte. Wie friedlich es wirkte.

Einzig, dass auch hier niemand auf den Wegen war. Es blieb Funkelauge nichts anderes übrig, als an eine Tür zu klopfen. Noch nicht einmal Jungtiere waren draußen zum Spielen, Tollen und Toben. Es war unheimlich. In dieser Stille klang Funkelauges fragendes „Hallo?“ und Klopfen an der Tür unangenehm laut und fordernd. Sie zog ihre hübschen Schultern hoch und wartete nervös ab. Langsam, mit heiserem Knarren, öffnete sich die Tür vor ihr. Durch den Spalt drang Dunkelheit – an einem sonnigen Tag! Dann schob sich eine knochige Schnauze an der Türkante entlang. „Wer sind Sie? Wer schickt Sie?“ Die Fragen waren kein Willkommen, sie waren pure Ablehnung und Vorsicht.

Da wurde unserer Heldin klar, dass die Ruhe des Dorfes nicht nur unheimlich war, sondern dass sie Angst atmete. Was war hier geschehen? Schnell trat Funkelauge einen Schritt zurück, um dem Besitzer der Schnauze nicht das Gefühl zu geben, bedrängt zu werden. Dann lächelte sie vorsichtig: „Entschuldigt, dass ich störe. Ich bin eine Wanderin auf Reisen. Mein Ziel ist die Möwenstation. Bis dahin ist es noch ein Stück des Weges, und ich wollte fragen, ob ich hier rasten könnte und ob Sie ein Stückchen Brot hätten.“

Stille. Lange Stille. Ein Zucken der knochigen Schnauze. „Ein Stück Brot?“

„Ja, wirklich nur ein kleines. Wasser hole ich mir am Fluss“, antwortete Funkelauge.

„Und ihr seid allein? Ist euch jemand gefolgt?“

Das waren seltsame Fragen. Wer sollte ihr denn folgen, ihr, einer Wanderin? Funkelauge war verwirrt. „Nein; ich bin alleine, und die Wege waren leer. Seltsam leer, wenn ich ehrlich bin.“ Ihre Stimme wurde leise. Verwaiste Wege und Felder, ein ausgestorben wirkendes Dorf, ein Türspalt, durch den nur Dunkelheit und eine Schnauzenspitze lugten. Das alles passte so gar nicht zu dem sonst so fröhlichen, lebendigen Flussreich, wo die Tiere glücklich am leise gurgelnden, plätschernden Fluss lebten, arbeiteten und ihr Leben genossen.

Ein Knarzen unterbrach ihre Gedanken: Die Tür öffnete sich stückweise weiter. Endlich sah Funkelauge auch das Gesicht zu der Schnauze und zwei ängstliche Augen. Sie gehörten einer sehr, sehr dünnen Feldmaus. Nachdem sie Funkelauge gemustert hatte und offenbar nichts Böses an ihr finden konnte, trat sie dem Ottermädchen entgegen.

„Entschuldigt“, murmelte die Maus mit gesenktem Kopf. „Ich bin Mia. Ihr müsst euch wundern.“

„Das tue ich, aber nicht über euch.“ Funkelauge blickte sich um. Da und dort erkannte sie, dass andere Türen kleine Spalte offen standen. Sie wurden belauscht. „Mia, was ist hier los? Beim dunkelgrünen Sumpfmann, ihr habt Angst, das ganze Dorf hat Angst!“

„Pschschscht!“ Erschrocken fasst Mia Funkelauge an der Pfote und zog sie in ihr Haus. „Sie dürfen uns nicht hören.

„Wer?“
„Sie.“
„Ja, aber wer sind ‚sie‘?“

Mia schaute sie nachdenklich an. „Du weißt gar nichts? Woher kommst du?“, fragte sie.
„Ich heiße Funkelauge und komme aus dem Dorf in der Talsenke, beim königlichen Palast.“
„Ah, ja, das erklärt es.“
„Das erklärt was?“
„Wenn du so nah am Palast lebst, beim König, hast du von allem, was hier passiert, keine Ahnung.“

„Was soll das heißen?“ Das klang böser als beabsichtigt. Aber Funkelauge wurde tatsächlich zornig. „Willst du damit andeuten, der König hätte etwas mit dem hier zu tun?“

Funkelauge starrte die Feldmaus an. Gerade hatte sie ihr leid getan. Aber jetzt, da die Mausedame den König beschuldigte, wurde Funkelauge wütend. Misstrauisch starrte wiederum die Feldmaus sie an: „Wer bist du? Du magst den König!“ Das klang nicht nach einer Feststellung, sondern nach einem Vorwurf.

„Ja, ich mag den König.“ Irgendwie fühlte es sich seltsam an, das laut zu sagen, dachte Funkelauge. Aber hier war etwas falsch. Die Tiere im Dorf lebten in Not und schoben ihr Elend offenbar Seidenpfote in das Fell. Das konnte sie nicht zulassen. „Seidenpfote ...“
„Oh, so ist das also, du nennst ihn beim Vornamen.“
„Das ist wohl besonders schlimm!“ Jetzt war Funkelauge fuchsteufelswild.
„Oh ja, das ist schlimm!“ Die dünne Maus zitterte vor Erregung. Funkelauge bekam Angst, dass sie zerbrechen würde. Wie zwei Panther umkreisten sich die beiden, ließen sich nicht aus dem Blick. Funken stoben scheinbar zwischen den Augen durch den Raum.

„Das ist keine Lösung“, ging es Funkelauge durch den Kopf. Sie kannte Mia gar nicht, sah aber, dass die Maus Hunger litt. Aber statt den Grund des Elends zu erfragen, umkreiste sie, das Ottermädchen, das Mäuschen wie ein Raubtier. Das war falsch, genauso falsch, wie den König eines Verbrechens zu bezichtigen.

Funkelauge bemerkte erstaunt, dass sie und Mia ihre Krallen vor sich hielten, bereit zum Angriff. Erschrocken ließ sie ihre Pfoten sinken. Die Maus zuckte und blinzelte misstrauisch.

„Beim immergrünen, großen und gewaltigen, winterkühlen und nebelgetupften Sumpfmann“, brach es aus Funkelauge heraus.
Erstaunter Blick aus zwei hungrigen Augen.
„Es tut mir leid.“
Zwei Augenbrauen zogen sich hoch über einem mageren Schnäuzchen zusammen. „Wie bitte?“

„Ja, es tut mir leid.“ Funkelauge holte Luft. „Ich bin dein Gast. Ich sehe, dass es dir und dem Dorf nicht gut geht. Ich will wissen, woran das liegt ...“
„Der König ...“
„Ich weiß, ich weiß, der König ...“ Hier machte das Ottermädchen eine Pause. Mia wunderte sich, atmete einmal durch – sie wurde ruhiger, neugierig und ließ schließlich auch ihre Pfoten sinken.

Funkelauge sprach weiter: „Ja, ich mag den König. Nein, Mia, unterbrich mich bitte nicht“, sagte Funkelauge, als sie sah, dass die Maus tief Luft holte. „Lass mich das erklären“, bat sie.
„Na gut, sprich!“

Und Funkelauge erklärte Mia, dass sie im Auftrag des Königs unterwegs war und warum. Sie erwähnte den Einbruch in die Kornkammer, gab aber nicht preis, wie schlimm es wirklich stand. Sie wollte keine Panik hervorrufen. Stattdessen erzählte sie, wie der besorgte König nach Hilfe gefragt hatte und in diesem Moment auf der Suche nach Vorräten durch andere Königreiche reiste.

„Du musst wissen, Mia, der König ist sehr besorgt um das Flussreich: Die Ernten wurden jedes Jahr kleiner, er bekommt aus weiten Teilen des Reiches keine Nachrichten mehr. Die Möwen, unsere Luftpost, haben den Palast seit Monaten nicht mehr angeflogen, und dann hat er – das war das Schlimmste – gestern entdeckt, dass in die königliche Kornkammer eingebrochen wurde. Jetzt ist er bereits auf dem Weg in das Haselreich, um bei der Hasenkönigin Vorräte zu erbitten. Danach will er noch andere Reiche besuchen und nach Hilfe fragen.“

„Der König ist wirklich selbst auf Reisen gegangen? Er macht sich Sorgen? Er bittet um Hilfe?“ Diese Fragen kamen nur langsam über die Lippen der Feldmaus.

Sie blickte zu Funkelauge. Die nickte und schaute Mia wiederum aufmerksam an. Komisch, die Maus wirkte nicht erschrocken darüber, wie schlecht es dem Reich ging. Aber dann musste Funkelauge an die mageren, vorsichtigen und verängstigten Schnauzen des Dorfes denken. „Die wissen, dass es dem Reich schlecht geht“, wurde es Funkelauge klar. „Sie wissen es, und vor allem erleben sie es am eigenen Leib. Da muss ich ihnen nichts erzählen von Elend und Not.“

„Ich bin, obwohl das alles schrecklich ist, erleichtert“, sagte Mia.

„Was?“ Gut, das war nun nicht besonderes höflich. Aber wie konnte die Not des Flussreiches, gekrönt vom Einbruch in die königliche Kornkammer, Erleichterung hervorrufen? Funkelauge war verwirrt.

Jetzt war es an Mia zu erklären: „Seit nun mehr drei Jahren kommen sie, die königlichen Soldaten, jedes Jahr nach der Ernte vorbei und fordern im Namen des Königs immer höhere Abgaben.“

„Das kann nicht sein!“ Funkelauge schüttelte wütend ihr hübsches Köpfchen. Das würde Seidenpfote, ihr lieber König, nie tun! Hatte sie nicht gerade erzählt, wie schockiert er vom Einbruch in die Kornkammer gewesen war?

Mia winkte ab. „Nein, nein, reg dich nicht auf, sondern hör jetzt mir zu, ja?“, bat sie. Funkelauge nickte.

„Das war das, was mich an deinen Worten erleichterte: Wenn der König selbst loszieht, um Vorräte zu erbitten, und wenn er dich als Detektivin ausschickt, um den Problemen auf den Grund zu gehen …“

„Dann heißt das auch für euch, dass er nicht hinter den hohen Abgaben steckt und auch nichts davon weiß. Er würde sich ja nicht selbst überführen wollen“, beendete Funkelauge den Gedanken der Maus.

Mia lächelte; dann wurde sie wieder ernst: „Das bedeutet allerdings, dass jemand im Namen des Königs uns Tiere beraubt.“

Damit hatte die Maus recht. Funkelauge konnte es nicht fassen: „Das ist, das ist …“

„Ein Verbrechen. Ja“, vollendete dieses Mal Mia den Gedanken.

Sie sprach weiter: „Es wird noch schlimmer: Sie, es sind übrigens Wasserrat …“

„Wasserratten?“ Funkelauge musste sofort an die eine Wasserratte denken, die sie kannte und die sie nicht mochte: „Ponzo!“

„Ponzo?“, wiederholte Mia verständnislos.
„Ponzo, der königliche Berater, ist ebenfalls eine Wasserratte.“
„Das passt.“
„Was passt?“

„Die Wasserratten kommen also nach den Ernten“, setzte Mia wieder an. „Sie holen die Abgaben, die unmöglich hoch sind. Wenn jemand das nicht zahlen kann, drohen sie sofort damit, die Tiere in den königlichen Kerker zu werfen. Einer ist immer dabei, der das königliche Wappen trägt. Deshalb glauben wir ihnen.“

„Oh.“

„So geht das seit drei Jahren. Die meisten Tiere mussten so viele Abgaben zahlen, dass ihnen nichts blieb. Im Winter hungern wir, und im Frühjahr haben wir kein Korn mehr zum Aussäen. Deshalb sind die Felder leer. Und sie erfinden immer neue Abgaben. Aber beschweren können wir uns auch nicht, denn die zuständigen Tiere für Beschwerden sind auch Wasserratten, und sie tragen das königliche Siegel“

„Du sumpfgrüner Morast, das ist gar nicht gut.“

„Nein, das ist nicht gut. Das gefällt natürlich auch den Wasserratten nicht, denn wenn wir nichts ernten, können wir auch keine Abgaben zahlen. Deswegen beobachten sie uns. Sie kommen immer wieder vorbei, dringen in unsere Häuser, Bauten und Höhlen ein und nehmen alles mit, was wir besitzen. Sie haben sogar damit begonnen, Felder in das Eigentum der Krone zu überführen – ‚Verstaatlichung‘ nennen sie das. Wir nennen das Raub. Aber nur hinter vorgehaltener Hand.“

„Und das alles im Namen des Königs?“, hauchte Funkelauge.

„Ja!“ Mia schaute Funkelauge prüfend an, so, als wäge sie ab, ob sie ihr die letzte Information anvertrauen könnte. Die Otteraugen blickten sie auffordernd an. Mias Stimme brach: „Es sind Tiere verschwunden.“

„Was?“
„Jedes Dorf zählt mindestens drei Tiere, groß, stark, fleißig. Sie konnten angeblich die Abgaben nicht bezahlen und verschwanden. Es war immer dasselbe: Es geschah im Dunkeln. Wir haben nie wieder etwas von ihnen gehört.“
„Mia …“
„Ja. Es ist die Wahrheit. Auch mein Mann …“ Ein Schluchzer beendete den Satz.

Auch Funkelauge kamen die Tränen.
„Wieso habt ihr nichts gesagt? Wieso ist keiner zum König gegangen und hat vorgesprochen?“
„Wieso? Weil „sie“ das königliche Wappen tragen. Weil „sie“ angeblich im Namen des Königs handeln. Würdest du zu demjenigen gehen, um dich zu beschweren, der allen mit Kerker droht?“

So schlimm – das hätte Funkelauge nie erwartet. Mia hatte recht. Aber wer tat so etwas? Na gut, seit sie die königliche Kornkammer untersucht hatte, hatte sie einen begründeten Verdacht, wer so etwas tat. Aber warum?

„Und zu guter Letzt, mein liebes Ottermädchen“, sprach Mia mit ernster Stimme, „ist es in diesen Zeiten absolut nicht sicher für ein Weibchen, alleine durch das Reich zu wandern. Auch nicht für ein Ottermädchen, und schon gar nicht, wenn es im Auftrag des Königs unterwegs ist. Niemand ist sicher!“ Mit diesen Worten stand Mia auf und ließ Funkelauge in dunklen Gedanken versunken sitzen.

Während unsere mutige Detektivin grübelte, bereitete Mia beiden etwas zu essen. Bevor sie es auftrug, huschte sie schnell aus ihrem Bau und kam nach ein paar Minuten zurück. Sie setzte sich zu Funkelauge und tischte auf. Es war ein kärgliches Mahl, aber Funkelauge war ihr sehr dankbar. Während sie aßen, klopfte es plötzlich an der Tür. Dann nochmal, kurz, lang. Es war ein Klopfzeichen. Mia öffnete die Tür und ließ zwei kleine Mäuse hinein. Beide versteckten ihre Schnäuzchen unter kecken Hütchen mit Federn. Zwei Jungmäuse, dachte Funkelauge, und wunderte sich, was die beiden hier sollten. Als die beiden Tiere jedoch ihre Hütchen abnahmen und sie offen ansahen, merkte sie, dass es gar keine Jungtiere waren! Beide waren etwa in ihrem Alter, also ausgewachsen. Sie waren Zwergmäuse – die Hüte hatten getäuscht.

Mia wandte sich an die beiden: „Ich hab euch ja schon kurz erzählt, wer Funkelauge ist und was sie vorhat. Wärt ihr bereit, sie zu begleiten?"
Funkelauge schaute auf. „Das kann ich nicht von euch erwarten!"

Eine der Zwergmäuse verbeugte sich vor ihr. „Wie wir hören, bist du auf einer wahrhaft mutigen Mission. Wenn du Erfolg hast, hilft das uns allen. Schau dich um: Das Flussreich hungert, Tiere verschwinden, wir haben Angst."

„Es ist an der Zeit, herauszufinden, wer hinter allem steckt und was damit bezweckt werden soll."
„Und unsere Männer nach Hause zu holen", murmelte Mia.
Eine der Zwergmäuse nickte ihr zu und sprach dann weiter: „Das Flussreich liegt am Boden!"
„Ja", sagte die zweite Maus. „Schlimmer kann es eigentlich nicht mehr werden."
„Alleine schafft es das Flussreich nicht mehr. Wir haben kein Korn mehr, um überhaupt etwas aussäen zu können." Die beiden Mäuse wechselten sich beim Reden in großer Geschwindigkeit ab.
„Die letzten Ersparnisse aus den letzten Socken unter dem letzten Kopfkissen sind aufgebraucht."
„Ab jetzt" – Funkelauges Blick flog von einem zum andern – „ab jetzt können wir denen nur noch unser eigenes Fell anbieten."
„Genau. Aber du hast uns mit deiner Mission einen Funken Hoffnung gebracht. Das werden wir unterstützen."
„Wir heißen übrigens Hopp und Topp. Unsere Tarnung hast Du bereits kennengelernt. Jeder hält uns für Jungtiere."

Funkelauge schaute zerknirscht.

„Nein, nein, hab kein schlechtes Gewissen. Uns ist das recht, wir wollen ja, dass man uns für jung hält. Die beste Tarnung."
„Dann ist es also abgemacht: Hopp und Topp werden dich begleiten. Das ist unauffällig und sicherer für dich."

Danach aßen sie alle zu Ende und besprachen sich bis spät in den Abend hinein. Als die beiden Mäuse sich zur Nacht verabschiedeten, war Funkelauge froh, in ein frisch gemachtes Lager kriechen zu können. Sie hatte einiges zum Nachdenken. Aber als Mia noch einmal zu ihr trat, um ihr eine gute Nacht zu wünschen, schlief unsere Heldin schon den Schlaf der Gerechten.

7. KAPITEL
SEIDENPFOTE UND DIE ZINSENNÜSSE

Es war noch früh am Morgen im Reich der Haselmaus, weit im Osten auf unserer Landkarte. Alles schlief noch – außer der Königin; ältere Damen benötigen oft nicht mehr viel Schlaf, und so nutzte sie gerne die frühen Morgenstunden um ... irgendwas Lustiges, Irrwitziges und Unköniginnenhaftes ... aber lassen wir das. Der übrige Palast seufzte noch in den letzten Träumen der Nacht. Auch das Meischen, das sich unter dem Bett von Wühlmaus zusammengerollt hatte.

Weit im Westen, im Flussreich, stand Ponzo sehr früh auf. Er war nicht im Palast, wie es der König gewünscht hatte. Nein, dem Palasthügel hatte er schon vor ein paar Tagen den Rücken gekehrt und war Richtung Meer gezogen. Dringende Geschäfte hatten ihn dorthin gerufen. In der Nacht war sein Informant bei ihm gewesen und hatte ihn über den Stand der Mission des Königs informiert. Mit unbewegter Miene hatte sich Ponzo das angehört. Ah ja, da hatte der König tatsächlich jemanden gefunden, der ihm helfen würde. So, so. Ach, und er würde noch weiterreisen? In das Reich im Osten? Und dann zu den Bibern? Nun, da würde der König noch länger unterwegs sein. Das war Ponzo sehr recht. Denn seine Geschäfte brauchten auch noch etwas Zeit. Daher waren es durchaus gute Nachrichten, die er da aus dem Haselreich erfuhr. Nachdem er alles gehört hatte, hatte er seinen Informanten ungeachtet der späten Stunde direkt wieder losgeschickt. Selbst hatte er sich zufrieden hingelegt und ein paar Stunden geschla-

fen. Jetzt war er bereits wieder auf seinen langen Pfoten. Es gab viel zu tun.

Im Palast der Haselmauskönigin wurde nun auch der junge König geweckt, denn die Königin wusste, dass Seidenpfote noch eine große Reise vor sich hatte. Bald darauf kam er schon zum Frühstück.

„Junger König“, begrüßte ihn die Haselmaus. „Die Sorge um euer Reich und um eure Detektivin, Funkelauge, steht auf eurer Stirn geschrieben.“

Seidenpfote konnte das nicht abstreiten. Er nippte ganz in Gedanken an seinem wunderbaren Morgennektar und dachte nach. Dann setzte er eine sehr königliche Miene auf. Er war ein junger, guter, kluger und – nicht zu vergessen – sehr moderner König. Er würde sein Reich retten. Und er stellte die wichtigste Frage des Morgens: „Konntet ihr über meine Bitte nachdenken, verehrte Haselmauskönigin?“

Die Haselmaus lächelte. „Ja, das konnte ich. König Seidenpfote, Folgendes ist mein Vorschlag: Ihr bekommt Vorräte von uns, so viel, dass ihr euer Reich für die nächsten Monate versorgen könnt, und auch, das ist wichtig, Saatgut säen könnt. Es taugt nichts, den Hunger zu stillen, aber gleichzeitig nicht für Nachschub zu sorgen.“

„Das ist wahr. Das ist ja genau das, woran das Flussreich gerade krankt“, sagte Seidenpfote. Er war inzwischen sehr sicher, dass das ein wichtiger Fehler im Flussreich war: Die Ernten wurden nicht nur wegen der schlechten Sommer geringer, sondern offenbar wurde nicht mehr genug ausgesät. Wer nicht sät, der kann auch nicht ernten.

„Liebe Königin des Haselwalds, ich danke euch für eure Hilfe. Aber bitte geht sicher, dass euch nachher nicht Vorräte fehlen für euer Reich. Ich wünschte, ich könnte euch eine Sicherheit geben. Habt ihr dafür eine Lösung?“

„Macht euch keine Sorgen“, begütigend winkte die Haselmaus ab, „ich habe eine Idee.“

Seidenpfote setzt sich gerade hin und lauschte gespannt.

„Wir nennen es Zinsen. Z-I-N-S-E-N."

Gute Güte, das klang ein wenig schulmeisterlich. Auf der anderen Seite war die Haselmaus ja auch etwas älter.

„Zinsen also. Wie geht Zinsen?" fragte er.

„Zinsen gehen nicht, Zinsen zahlt man", berichtigte die Haselmaus. „Zinsen klingen im ersten Moment hart, aber eigentlich sind sie sehr gerecht. Passt auf: Ihr braucht Vorräte von mir, die ihr im Moment nicht bezahlen könnt." Seidenpfote nickte. „Deswegen habt ihr ein schlechtes Gewissen und möchtet mir irgendeine Sicherheit geben, dass ich eines Tages alles wiederbekomme."

Wieder nickte der junge König.

„Obwohl ich euch vertraue!"

Seidenpfote nickte wild.

Die Königin musste grinsen. „Jetzt zum harten Teil: Indem ich euch Vorräte gebe, beispielsweise Korn, fehlt es mir und meinem Reich. Es kann keine hungrigen Mäuler stopfen, und wir können es nicht aussäen, um größere Ernten zu erhoffen. Keine größere Ernte also und gleichzeitig weniger Futter in der Vorratskammer. Das ist ein Risiko.

Stell Dir vor, dieses Frühjahr würden böse Stürme alle Felder zerstören. Dann hätten wir weder eine Ernte noch große Vorräte."

Hier nickte Seidenpfote nicht, nein, er senkte schuldbewusst den Blick. Er wollte das nicht! Er wollte doch nicht, dass seinetwegen der Haselwald in Not geriet.

„Aber", sanft durchdrang die Stimme der Haselmaus seine trüben Gedanken, „aber dafür gibt es ja Zinsen! Sie bezahlen mich sozusagen dafür, dass ich dieses Risiko eingehe. Deswegen braucht ihr gar nicht so trübe aus der Tasse zu schauen."

Jetzt musste Seidenpfote lächeln. „Was muss ich machen?", fragte er unternehmungslustig. Dass er seine Stirnlocke richtete, war ein weiteres gutes Zeichen.

Die Haselmaus rechnete es ihm vor: „Also, wir machen es so: Für jeden Sack Vorräte, den ihr von mir bekommt, versprecht ihr mir, eine Handvoll zusätzlich zurückzugeben. Ich gebe euch zehn Säcke, und am Ende des Sommers, nach der Ernte, zahlt ihr zehn Säcke und zehn Handvoll zurück, seien es Nüsse oder andere Leckereien."

Unser Otter zwirbelte seine Locke, kratzte sich sehr unköniglich das Fell am Allerwertesten, krauste die Otterschnauze und dachte dann: Das ist machbar und gar nicht mal so wild!

„Nun stellt euch vor, dass ihr am Ende des Sommers nicht alles zurückgeben könnt."

„Hu, da hat sie recht, die Königin", fuhr es Seidenpfote durch seinen Kopf: Er musste jetzt so große Mengen für sein ganzes Reich beschaffen, dass es schwierig werden würde. Denn er musste ja alle seine Tiere versorgen und trotzdem so viel Futter anbauen, dass die Ernte sowohl die Vorräte für den nächsten Winter erbringen würde sowie das, was er der Haselmaus schuldete. Das war eigentlich fast unmöglich. Seine Gedanken wirbelten. Dann fasst er sich: „Das ist wohl nicht von der Pfote zu weisen", sagte Seidenpfote.

„Nein, Seidenpfote, das ist es wahrlich nicht", antwortete die Haselkönigin. Sie konnte an der Schnauze des Otters jeden Gedanken ablesen. Sie krauste sich, entspannte, verzog sich nach links, verzog sich nach rechts, fast hatte es den Eindruck, als würde jedes Barthaar ein Eigenleben führen und sich krümmen und biegen. „Aber das ist nicht schlimm“, beruhigte die Königin den Otter. „Ihr versteht sicher eines: Je länger ihr die Vorräte nicht zurückzahlen könnt, desto länger hält auch mein Risiko an. Daher müsst ihr auch für die längere Zeit Zinsen zahlen.“

Seidenpfote war wieder ins Nicken verfallen. „Ja, ja, das verstehe ich, selbstverständlich.“

„Gleichzeitig sind die Zinsen auch eure Sicherheit.“ Die Haselmaus wählte ihre Worte mit Bedacht und Ruhe: „Denn dadurch wisst ihr, dass ihr euch mir gegenüber keine Sorgen machen müsst. Weil“ – sie machte eine kleine Pause – „mit Zinsen alles gerecht geregelt ist. Ich bin sicher, dass ihr euch bemühen werdet, alles so schnell wie möglich zurückzuzahlen. Aber jeder weiß, dass es nicht so einfach ist. Daher zahlt ihr die Zinsen.“ Die Stirnlocke des jungen Königs wackelte relativ unmodern. Das bemerkte er gar nicht. Zu sehr war er in das Ding mit diesen Zinsen eingetaucht. Der Haselmaus gefiel das.

„So“, sprach sie weiter, „und jetzt rechnen wir das doch einmal durch: Ihr gebt mir für jeden Sack Nüsse oder Getreide eine Handvoll als Zinsen obendrauf. Wenn ihr also 100 Säcke Nüsse bekommt von mir, zahlt ihr mir als Zinsen 100 Handvoll Nüsse. 100 Handvoll, das ist ziemlich viel und füllt genau wieder einen Sack. Ihr schuldet mir also Ende des Sommers 100 und 1 Sack Nüsse. Wenn ihr aber Ende des Sommers noch nicht zurückzahlen könnt oder wollt, dann zahlt ihr nach einem weiteren halben Jahr …“

Seidenpfote unterbrach sie begeistert. Er hatte ihre Idee verstanden und sie gefiel ihm gut: „Dann zahle ich euch im Winter die 100 und 1 Sack Nüsse und für jeden dieser Säcke wieder eine Handvoll Zinsen, also 100 und 1 Handvoll Zinsennüsse.“

„Richtig. Du hast es verstanden. Nun, was sagt ihr, lieber Seidenpfote – könnte das eine Lösung sein?“

Seidenpfote nahm sich trotz aller Begeisterung die Zeit, um alles noch einmal durchzugehen. Das war ein guter Vorschlag von der Hasel-

königin. Auf diese Weise bekam er so viele Vorräte, wie er brauchte, und musste kein schlechtes Gewissen gegenüber der Haselmaus zu haben, da sie ja für ihre Hilfe von ihm bezahlt wurde: mit diesen Zinsennüssen. Und ganz ehrlich, eine Handvoll Nüsse als Zinsen für einen ganzen Sack – das war ein gutes Geschäft. Er wurde ganz aufgeregt vor lauter Erleichterung und Freude darüber: Das war eine ganz fabelhafte Idee, das war famos. Das war die Lösung!

„Und ob ich damit einverstanden bin", brach es aus dem jungen König heraus. Schnell strich er seine Stirnlocke in Form sowie alle sonstigen Härchen glatt, richtete sich auf und setzte gerade zu einer Dankesrede an. Da unterbrach ihn die Haselmaus: „Papperlapapp. Danke nicht mir, sondern den Zinsen. Es wird Zeit für euch weiterzuziehen. Lasst uns nun in unsere Nusskammer des Reiches gehen und sehen, wie viele Vorräte wir euch mitgeben können." Damit sprang die Maus behände auf und raschelte in ihrem Königinnenmantel schon zur Tür. Seidenpfote saß noch immer mit geöffneter Schnauze und erhobener Hand da, bereit seine Dankesrede zu halten. Schnell sammelte er sich und wuselte hinter ihr her. Was für eine Königin, dachte er sich. Und diese Zinsen … die sind ja toll.

Die beiden königlichen Tiere erreichten die Nusskammer des Haselreiches. Anders als in der Kornkammer des Flussreiches duftete es hier nach der Süße von Haselnüssen und der Milde von Walnüssen. Es lag auch eine fruchtige Note in der Luft; Seidenpfote schnupperte: Himbeeren, Brombeeren, Heidelbeeren – natürlich, im Haselwald wuchsen Beeren aller Art, die die Mäuse sammelten und trockneten. Es war ein herrlicher Duft, der jeden Gedanken an den Hunger in seinem eigenen Reich unmöglich erschienen ließ. Seidenpfote kamen die Tränen, als er die gut gefüllte Kammer sah.

Nach kurzem Verhandeln einigten sich die Haselmaus und der Otter. Ein Teil seines Gefolges sollte den Transport der Nüsse und Beeren beaufsichtigen. Dazu benötigten sie nochmals die Hilfe der Haselmauskönigin: „Ich leihe euch meine Wagen für den Transport der Vorräte ins Biberreich. Das liegt eine Tagesreise von uns im Norden. Dort werden die Biber euch sicher helfen, ein Floss für die Vorräte zu bauen. Dann können eure Gefolgsleute die Vorräte ganz gemütlich den Fluss hinunter bis zu eurem Palast schiffen."

„Einfacher geht es nun wirklich nicht“, wieder einmal seufzte Seidenpfote vor Erleichterung auf.

Alle packten mit an, und schon bald stand ein Wagen abfahrtbereit vor ihnen, auf dem sich die Vorräte türmten. Der Otterkönig verabschiedete sich von der Haselkönigin. Dankbar fasste und drückte der Otter die zarte Pfote der Haselmaus. Sie hatte ihm so sehr geholfen. Mit der Idee der Zinsen im Gepäck fiel es dem jungen König nun leichter, zu anderen Königen zu reisen und dort ebenfalls um Hilfe zu bitten. Damit drehte er sich um, gab den Befehl zum Abmarsch und los ging es. Als – plötzlich:

„Stopp!“ Seidenpfote rammte seine Pfoten in den Boden. „Wühlmaus!“
„Oh“, war alles, was die Haselkönigin über die Lippen brachte.

König und Königin schauten sich an, die Mienen wechselten von erschrocken zu belustigt, und auf einmal lachten sie beide schallend. War das herrlich, Lachen nach so vielem Denken, Reden, Rechnen, Verhandeln. Das tat gut. Sie bogen sich und konnten sich kaum beruhigen. Und es wurde auch nicht besser dadurch, dass jetzt ein hoch empörter, unter seinem Fell rot angelaufener Wühlmaus durch das Palasttor stapfte und über den Hof marschierte. Ein schönes Bild: Der rot angelaufene Kopf schien durch das graue Fell eigentlich rosa – aber das durfte man ihm, dem Meister, bloß nicht sagen.

Seidenpfote kämpfte, aber die Haselmaus fasste sich – dem großen Sumpfmann sei Dank – als Erste. „Guten Morgen“, flötete sie.

Wühlmaus winkte ab. Er war gerade aus dem Bett gefallen, war wütend, vermisste seinen morgendlichen Kaffee und wollte nicht reden.

Die Haselmaus und auch Seidenpfote konnten das nachvollziehen. Noch einmal verabschiedeten sie sich, und dann zog der Trupp von dannen.

An der nächsten Wegekreuzung verabschiedete Seidenpfote einen Teil seines Gefolges und den gut bepackten Wagen und schickte sie mit einem Bittbrief nach Norden zu den Bibern. Er selbst ging mit seinen restlichen Mannen nach Nordosten. Dort, wo die Getreidefelder sich bis zum Horizont erstreckten, herrschte der König Mümmelmann über

sein Reich. Er war ein imposanter, vom Alter schon weiß gewordener Feldhase. Seinem Ruf nach war er grimmig und streng. Dennoch – mit der Idee der Zinsen fühlte sich Seidenpfote gewappnet genug, auch mit diesem Griesgram zu verhandeln. Denn von Mümmelmann erhoffte sich Seidenpfote große Kornvorräte. So zog er also los und ließ mit seinem Trupp bald den schönen Wald des Haselreiches hinter sich.

An der Möwenbrücke

Inzwischen war es Mittag geworden. Auch Funkelauge war schon lange auf den Beinen. Mit ihren neuen Weggefährten, Hopp und Topp, wollte sie die eine halbe Tagesreise entfernte Möwenbrücke erreichen. Dafür folgte sie dem Fluss bis in den Norden des Reiches, wo er zu einer Landzunge im Meer führte. Von den Möwen erhoffte Funkelauge sich neue Erkenntnisse. Sie war insgeheim sehr froh über ihre neuen Begleiter. Allerdings – wie es bei Geschwistern so ist – kabbelten sich die beiden fast unentwegt. Aber es blieb immer liebevoll, und sie hörte ihnen gern zu. Sie lernte, dass Topp der Stärkere von beiden war und besser im Kampf. Hopp dagegen war der Schlauere. Sie ergänzten sich großartig.

Die Brüder erzählten ihr mehr über die letzten Jahre. Offensichtlich hatte König Seidenpfote anfangs, als noch Nachrichten aus dem Reich zu ihm drangen, falsche Berichte erhalten. Das war ein weiterer Schock für Funkelauge. Wer belog den König absichtlich? Wenig später waren dann auch die gefälschten Berichte ausgeblieben. So kam es, dass das Reich ohne Wissen des Königs in eine immer tiefer werdende Krise gerutscht war. Dabei hatte der junge König, seinem Berater Ponzo folgend, das Reich unentwegt mit Bautrupps und Vorräten versorgt. Er hatte im festen Glauben gelebt, sein Reich gemeinsam mit seinen Untertanen durch harte Arbeit in ein wahres Paradies zu verwandeln für jeden, der arbeiten wollte.

Nun musste das Ottermädchen erkennen, dass von diesen Bautrupps und den Vorräten offenbar nie etwas seine Bestimmung erreicht hatte. Statt auf gute Nachrichten oder Zeichen zu stoßen, wurde es immer schlimmer. Funkelauge setzte große Hoffnung in die Berichte der Möwen. Aber was war das bloß: Sie müssten doch die Brücke und damit die Möwenstation bald erreichen. Warum war nicht eine einzige

Möwe am Himmel zu sehen? Und müsste dort vorne, am Horizont, nicht schon längst die Brücke erscheinen? Funkelauge wurde immer unruhiger und zog den Schritt an. Das merkten Hopp und Topp. Sie schauten sich an. Topp wollte gerade etwas zu ihrer Reisegefährtin sagen, da schüttelte Hopp den Kopf. Also zogen sie wortlos mit, um so schnell wie möglich ihr Ziel zu erreichen. Dann würden sie schon Weiteres erfahren.

Funkelauge stürmte voran. Ihre hübsche Schnauze verzerrte sich vor Ungeduld. Sie tat ihren beiden Gefährten leid. Traurig schauten sie sich wieder an. Sie waren ja schlechte Neuigkeiten gewöhnt. Sie erwarteten nichts mehr. Aber dieses Ottermädchen hatte noch nicht das ganze Unglück erfasst.

Sie blieb abrupt stehen. Ihr starker Otterschwanz schlug fassungslos auf den Boden auf. Hopp und Topp machten eine Notbremsung. Alle drei standen still. Zwei tief dunkle Otteraugen funkelten vor Entsetzen und Wut: Die Brücke war weg. Kaputt. Ein Teil lag noch dort, den Rest hatte offensichtlich der Fluss fortgetragen. Die wunderschöne, stolze Brücke war nicht mehr. Und damit auch kein Weg zur Möwenstation. Die konnte Funkelauge zwar noch erkennen, dort drüben, im Dunst, aber es war sonderbar still dort. Wo früher Möwen in eifriger Betriebsamkeit gestartet und gelandet waren, Störche mit ihren großen schwarz-weißen Schwingen und lautem Schnabelklappern den Betrieb auf dem Flugfeld geregelt hatten, wo es immer turbulent und bunt gewesen war – dort vermischte eine Brise vom Meer den Dunst mit Staub. Es herrschte Stille.

8. KAPITEL
FLUGUNTAUGLICHE MÖWEN

Funkelauge stand mit hängenden Schultern am Flussufer, schaute auf den Dunst und schüttelte sich. Als ob sie damit das Bild vor sich abschütteln könnte wie Wasserperlen auf ihrem seidigem Fell nach einem Bad im Fluss. Aber so einfach ging das nicht. Das Bild vor ihr blieb: Die Brücke war nicht mehr, das Leben auf dem Flugfeld ausgelöscht. Als ob es nie einen Flughafen gegeben hätte.

Topp sprach als erster: „Wir müssen irgendwie da rüber. Wir müssen herausfinden, was mit den Möwen ist. Ich sehe keine einzige."
„Topp hat recht. Vielleicht benötigen sie Hilfe", meldete sich auch Hopp.

Funkelauge nickte. „Ich hatte so gehofft, von den Möwen mehr Informationen zu bekommen. Wie das ausschaut, war die Hoffnung vergebens."

Alle drei schwiegen.

„Auf jetzt!" Hopp klang barsch. „Es nutzt nicht, hier herumzustehen und zu trauern. Wir müssen etwas tun. Wie kommen wir hinüber?"
„Du bist unser Gehirn", murmelte Hopp, „ich habe nie so gute Ideen wie du."

Funkelauge überlegte fieberhaft: Schwimmen war kein Problem, sie war ja ein Otter. Aber der Fluss war an dieser Stelle sehr breit und reißend. Selbst wenn sie es schaffte, die Mäuse könnte sie nicht mitnehmen. Sollte sie alleine hinüberschwimmen?

„Dort drüben bewegt sich was", rief Hopp. Er war aufgesprungen und zeigte über den Fluss. „Es ist, es ist … ich glaube, tatsächlich, es ist eine Möwe!"
„Wo?"

„Da! Im Dunst, seht ihr sie?“ Hopp sprang auf und ab.

„Dem großen Sumpfmann sei Dank.“ Erleichtert kniff Funkelauge ihre Augen zusammen und versuchte, auf der Landzunge irgendetwas zu erkennen, was eine Möwe sein könnte. Dann sah auch sie den Vogel. Mühsam schleppte der sich zum Flussufer und schaute seinerseits über den Fluss. Etwas blitzte auf. „Die Möwe hat ein Fernrohr“, stieß Funkelauge aus. „Also muss sie uns sehen. Winkt! Winkt!“, rief sie, und alle drei fingen an zu winken und zu hüpfen. Sie schwangen ihre Pfoten durch die Luft. Schließlich schnappte sich Hopp den zarten Topp und warf ihn in die Luft, immer wieder.

Kurz hielt Funkelauge inne, um zu schauen, ob ihr Gefuchtel am anderen Ufer wahrgenommen wurde. Die Möwe drüben stand still. Sie starrte durchs Fernrohr. Dann wendete sie das Rohr nach links, nach rechts. Richtete es wieder auf die drei Pelztiere. Da, sie hob eine Schwinge. Sie musste sie gesehen haben. Langsam hob der Vogel den Flügel immer weiter und fing nun ebenfalls an zu winken. Freudig antworteten Otter und Mäuse mit einem wilden Freudentanz. Dann drehte sich die Möwe um und ging. Sie verließ das Ufer. Warum? Wieso? Hopp kletterte vor lauter Aufregung seinem Bruder auf die Schultern, um besser zu sehen. „Was macht die denn?“, piepste er. „Warum geht sie weg. Was soll denn das. Hallooo! Haaaaalloooo.“

Natürlich hatte seine Mausestimme keine Chance, über den Fluss zu reichen. Das war Hopp bewusst, und er hörte auf zu rufen. Er ließ sich wieder auf den Boden rutschen. Seine Schnauze hing noch tiefer als die von Topp. Nur Funkelauge hielt die Hoffnung fest und starrte weiterhin über den Fluss.

„Ich glaube ....“, murmelte sie, „ich glaaaaaube ... Genau: Sie geht nicht weg, sondern sie nimmt Anlauf.“ Hopp und Topp sprangen neben sie, starrten über den Fluss.

„Da, jetzt dreht sie sich um, fängt an zu rennen“, jubelte Funkelauge.
„Na ja, wenn du das rennen nennst“, mischte sich Topp ein. Er war anderes gewöhnt.
„Nun sei nicht so“. Das kam von Hopp, der wieder auf die Schultern seines Bruders kletterte. „Ja, Wahnsinn!“, murmelte er.

Die Möwe auf der anderen Seite des Flusses war tatsächlich ein Stück nach hinten gewatschelt. Dann hatte sie sich umgedreht und lief nun mit großen Schritten über den Sand auf das Wasser zu. Ihre Flügel machten Flugbewegungen, etwas müde und träge noch, aber der Flügelschlag wurde stärker. Sie wollte abheben! Natürlich, sie wollte zu ihnen herüber fliegen. Die Möwe kämpfte und schlug mit den Flügeln und kam dem Wasser immer näher. Jeden Moment würde sie ins Wasser rennen.

„Zieh hoch“, schrie Hopp. „Zieh doch den Schnabel hoch!“

Als ob sie ihn gehört hatte, riss die Möwe den Schnabel hoch. Dem Schnabel folgte der Kopf, dem die Brust, ein weiterer kräftiger Flügelschlag, und etwas torkelnd und schwankend hob der Vogel ab. Im letzten Moment war er in der Luft. Die Möwe blieb allerdings flach über dem Wasser. Zu größerer Höhe reichte die Kraft nicht. Jetzt hatte sie die Mitte des Flusses erreicht, sackte ab, konnte sich aber wieder fangen. Sie hielt bereits auf das Ufer zu, wo Funkelauge, Hopp und Topp standen. Sie kam näher und näher und schwankte bedenklich.

„Ach du grüner Sumpfmann!“ Funkelauge packte Hopp und Topp und sprang mit ihnen in drei Riesensätzen hinter einen Felsen. Noch im Sprung durch die Luft schrie Topp aus Leibeskräften: „Achtung! Rette sich wer kann. Bomber von oben.“

PADAUZ!!! Bumps, donk, blönk, hmpf, pfff, pfmmmpf.

Die Möwe war gelandet.

„Uh, au, mau.“ Fast klang es wie eine Katze. Tatsächlich war es aber die Möwe, die ihre Bruchlandung verdaute. „Lang nich geflochen“, krächzte sie. „Unebene Lannndebahn. Pfffh. Noch nie so aufgekommen. Unnn’ dieser Wind, pfffh!“

„So, so, der Wind, ja?“ Hopp kroch um die Ecke des Felsen. „Ich spüre kein Lüftchen. Totale Windstille. Bis auf den Wind, den Sie gerade mit Ihrer Landung gemacht haben.“

Die Möwe schielte von oben auf das Tierchen hinab. „Schon mal selbst geflochen? Neeee? Na, pfffh, dann vielleich’ lieber mal Schnäusschen halten, hm? Pfffh.“

Ganz offensichtlich war das „Pfffh“ eine Macke der Möwe, eine Möwenmacke.

Inzwischen waren auch Funkelauge und Topp hinter dem Felsen hervor gekommen und betrachteten die Szene. Gerade wollte Hopp etwas erwidern, aber Funkelauge war schneller. Sie hatte sich die Möwe genau angeschaut, und was sie sah, gefiel ihr nicht: „Du siehst dünn aus. Es geht dir nicht gut. Hätte nicht besser eine andere Möwe den Sprung über den Fluss gewagt? Wo sind die anderen überhaupt – es gibt doch noch andere?“

„Auwauwau“; dieses Mal klang es nach einem Hund, was die Möwe da von sich gab. „Langsam machen. Alter Möwenmann mag nich’ Schnellfeuer.“

„Entschuldigt.“ Funkelauge musste zugeben, dass sie zu viele Fragen auf einmal gestellt hatte. Vielleicht sollte sie sich auch erst einmal vorstellen? „Ich bin übrigens Funkelauge. Das sind Hopp und Topp“, sagte sie. „Wir dachten schon, in der Möwenstation wäre etwas passiert und niemand mehr dort. Wir sind so froh, dass Sie uns gesehen haben und herüber gekommen sind.“ Sie lächelte den Möwenmann mit ihrem gewinnendsten Lächeln an.

„Schon besser“, brummelte der Vogel. „Bin Jonny.“
„Die Möwe Jonny?“
„Nur Jonny, pfffh“.
„Nur Jonny.“

„Gut, ‚Nur Jonny', genug der Höflichkeiten. Was ist bei euch passiert?" Die scharfe Zunge gehörte natürlich Hopp. Es brannte ihm auf den Krallen, was da drüben auf der Landzunge vor sich ging und was mit der Brücke passiert war.

Jonny schaute ihn wieder lange an. Funkelauge wollte schon zu einer Entschuldigung ansetzen, da winkte er ab. „Schon gut. Froh, euch su sehen. Seit Monaten niemand mehr hier gewesen. Kein ein Tier. Mit lesster Kraft geflochen, pfffh. Schröcklicher Fluch, äh, Flug." Er schüttelte seinen Kopf.

„Aber warum ..."

Er unterbrach das Ottermädchen: „Lass gut sein. Weiß, was du fragen machst: Seid doch die kön ..., könn ..., äh, könnichliche Luftpost. Was für 'ne schwache Vorstellung von uns berühmten Luftakrobaten, bla, bla, bla, pfffh. Erklär's euch."

Man hatte das Gefühl, als hätte Möwe Jonny lange nicht mehr geredet. Abgesehen von seiner schlechten Aussprache krächzte seine Stimme wie eine alte, lange nicht geölte Schranktür. Aber jetzt, erleichtert, dass er Zuhörer hatte, purzelten Jonny die Worte immer besser und schneller über die Zunge wie Hagel aus übervollen Winterwolken. Und er holte aus: „Komische Sache das. Es begann, ja, es begann vor ungefähr zwei Jahren. Aufträge wurden weniger. Auch Nachrichten wurden weniger. Bald gab's vom Palast gar keine Aufträge mehr. Der König ..."

„Schon wieder!", entfuhr es Funkelauge. Jonny legte fragend seinen Kopf schief. Schon wieder musste sie das richtigstellen und den König verteidigen: „König Seidenpfote hat nie ..."

„Hat nie was?", unterbrach Jonny sie. Er drehte den Kopf wieder gerade. Seine Aussprache war wieder sauber. „König Seidenpfote hat nie was? Nie Aufträge eingestellt? Junge Dame: Muss leider sagen, König Seidenpfote WAR unser Auftraggeber. Wir WAREN die könnichliche Luftpost." Jetzt war auch Jonnys Stimme wieder voll da, und sie klang schneidend. „Nie mehr was gehört vom Thronsesselpupser!"

Funkelauge war schockiert. Wie sprach Jonny über den König?

„Nich' ein Wort", fuhr Jonny fort. „Totale Funkstille vom Palast. Hat uns wohl vergessen. Wisst ihr, was das für uns bedeutet?"

Funkelauge war zu entsetzt, um zu sprechen. Hopp und Topp standen völlig im Bann der Möwe und waren ihr halb auf den Schoß geklettert, um kein Wort zu verpassen. Ein seltsames Bild.

Jonny redete weiter: „War eine große Beleidigung, dass wir, die königliche Luftpost, vom König keine Aufträge mehr bekamen. War schlimm. Bedeutete außerdem, dass wir keinen Lohn nich' mehr bekamen. Unsere jährliche Ration aus der königlichen Kornkammer – nix mehr. Seit einem Jahr sind wir völlig auf uns gestellt. Einige schlaue Vögel haben uns verlassen. Sind übers Meer gezogen. Wir dachten, die wär'n Verräter. Heute muss ich sagen: Waren die klügeren Vögel. Wir, der harte Rest, haben ausgeharrt in der vergebenen Hoffnung, der König würde sich an uns erinnern." Die Möwe schüttelte den Kopf. Vor lauter Erregung hatte sie ihre „Pfffh's" vergessen.

„Poah! Nix hat er. Haben so lange gewartet, bis wir kein Futter nich' mehr hatten. Waren so blöd und haben es einfach nich' begriffen. Und als das Futter leer war, war'n wir schon so verhungert und geschwächt, wir konnten nicht mehr fischen. Wir verhungern."

„Was?" Das kam von Funkelauge. Jonny nickte und schluckte hart. Hopp, der scharfzüngige, selbstsichere Hopp, packte stumm seinen letzten Proviant aus und legte ihn Jonny auf den Bauch. Dankbar stupste der Möwenmann den Mausemann mit seinem Schnabel an. Sofort zog auch Topp seine letzten Krumen aus der Tasche.

Die Möwe konnte nicht widerstehen und versuchte, nicht alles auf einmal zu verschlingen. Funkelauge betrachtete ihn.

„Jonny", begann sie. „Ich verstehe das alles nicht." Der Möwenmann mampfte und bedeutete ihr, weiter zu sprechen. „Ich habe erst vor Kurzem mit König Seidenpfote geredet", erklärte sie. „Deswegen sind wir hier: Er hat um Hilfe gebeten. Es passieren seltsame Dinge im Reich. Er selbst ist gerade auf Reisen und verhandelt mit den Nachbarreichen, damit sie uns Futter leihen. Ich bin im Flussreich unterwegs in seinem Auftrag, um herauszufinden, wie es zu dieser Not kommen konnte. Unterwegs habe ich Hopp und Topp getroffen, die mir eine ähnliche

Geschichte wie deine erzählt haben. Es steht so schlimm um unser Reich. Der König will es retten, aber dass es so schlimm steht, war ihm nicht bewusst. Offensichtlich wurde er – wie auch ihr – betrogen."

„Hm", brummelte Jonny zwischen zwei Bissen, „fang mal von vorne an. Wieso braucht der König auf einmal Hilfe?"
„Sie haben, unter uns gesagt, die Kornkammer ausgeraubt."
„Sie haben was???" Jonny schnappte nach Luft und verschluckte sich; er hustete. Hopp und Topp fielen von seinem Bauch. „Die Kornkammer?"

Funkelauge nickte: „Die Kornkammer. Das war der Auslöser. Der König hat Meister Wühlmaus, unseren Dorfältesten und die klügste Maus im Reich, um Hilfe gebeten und uns erzählt, was für seltsame Dinge passieren. Es ist etwas faul im Flussreich, sagte er."

„Wer ist ‚uns'?" Jonny klang misstrauisch.

„Meister Wühlmaus, der Dorfälteste, und ich", antwortete Funkelauge. „Mich hat er gefragt, weil ich mich mit Handel auskenne. Also, die Kornkammer ist leer, und auch sonst bekam der König aus dem Reich keine Informationen mehr und immer weniger Abgaben. Wir sind pleite. Hunger steht bevor. Deswegen ist der König auf der Reise und bittet in den Nachbarreichen um Vorräte. Da wir aber nichts haben, womit wir bezahlen können, muss er bitten, die Vorräte dann bezahlen zu dürfen, wenn wir wieder etwas haben. Das nennt man Schulden machen."

„Ah, jaja." Das war Jonny zu kompliziert. Schließlich war sein Magen mit der ungewohnten Aufgabe beschäftigt, Futter zu verdauen. Das forderte all seine Konzentration. „Fassen wir zusammen: Die Kornkammer ist leer, ausgeraubt."

„Ja."
„Außerdem hat der König weniger Abgaben aus dem Reich bekommen."
„Ja."
„Wie auch", höhnte Jonny. „Wir verhungern. Wie sollen wir arbeiten?"
„Das ist der nächste Punkt: Der König hat die ganzen Jahre Vorräte und Güter im Reich verteilen lassen. Er war fest davon überzeugt, das beispielsweise ihr, die Luftpost, euer Gehalt bekommt."
„Was?"

„Ja, er war nur verwundert, dass er von euch nichts mehr gehört hat. Dennoch hat er euch weiterhin Vorräte geschickt.“

„Das ist ja ...“Jonny ließ den letzten Brotkrumen aus der Schwinge fallen. Was hatte das zu bedeuten? „Hier ist nichts angekommen.“

„Wie auch.“ Funkelauge deutete auf die Brücke: „Die Brücke ist zerstört. Seit wann?“
„Seit zwei Jahren“, antwortete Jonny.
„Seit zwei Jahren?!? Wieso wusste der König nichts davon? Wie sollten Vorräte zu euch gelangen, wenn die Brücke kaputt ist?“

„Und wo sind die Vorräte?“, ergänzte Jonny. Er kratzte seinen Schnabel. „Seine Geschichte klingt wie unsere“, hakte Hopp ein. „Wir wissen nun, dass der König selbst betrogen wurde. Es gilt herauszufinden, wer daran schuld ist.“

„Genau. Es ist auch seltsam, dass der König auf Anraten seines Beraters jede Menge bezahlt hat, damit die Wege, Brücken und öffentlichen Bauten in Topform erhalten werden – wie diese Brücke und auch eure Möwenstation. Aber was sehe ich? Ruinen! Nichts als Ruinen oder sogar nur Reste. Das sind nur noch Streichhölzer, die da herumliegen. Wie soll ein Reich blühen, wenn es keine Brücken, Straßen und Möwenstationen gibt? Ohne sie kann man keine Geschäfte abwickeln, keine Geschäftspartner suchen oder besuchen, ohne Möwen kann man nicht mit ihnen über die Entfernung hinweg handeln und verhandeln – kein Wunder, dass das Reich am Boden liegt.“

Funkelauge war lauter geworden, fast schrie sie, mit Tränen in den Augen. Alles fügte sich zu einem traurigen Bild zusammen: Es konnte überhaupt nichts mehr funktionieren in diesem Reich, wenn der König betrogen wurde, Wege, Brücken und so weiter kaputt waren, die Tiere Angst hatten oder hungerten oder beides.

„Das ist noch ein Punkt, den wir erwähnen sollten, Funkelauge“, meldete sich Hopp zu Wort. „Hm?“ Funkelauge war außerstande, noch mehr zu erzählen. Mit einem Pfotenwink forderte sie Hopp auf, selbst zu erzählen.

Hopp stand auf, so konnte er sich besser konzentrieren, und sprach: „In unseren Dörfern geht große Angst um.“ Jonnys Schnabel klappte auf. „Hä?“

„Ja, denn sie, angeblich Wachen des Königs, kamen alle Jahre und forderten immer höhere Abgaben. Ein Teufelskreis nahm seinen Lauf: Sie machten uns Angst, drohten mit Kerker. Also haben einige Tiere bei schlechten Ernten vor lauter Angst, in den Kerker zu kommen, das Korn für die Abgaben gesammelt, aber nichts mehr gesät!“

„Das war dumm!“, rief Jonny. „Weniger säen heißt, weniger ernten.“

„Das war uns allen bewusst, aber die Angst vor dem Kerker war größer“, redete Hopp ruhig weiter. Es wartete noch mehr auf den Möwenmann.

„Und es kommt noch schlimmer: Viele von uns haben versucht, sich vor den Abgaben zu drücken – sie haben ihre Vorräte versteckt, unterm Bett, unter den Bodendielen oder im Besenschrank. Doch die königlichen Wachen – die angeblich königlichen Wachen – haben alles durchsucht, gefunden, mitgenommen. Und diejenigen, die ihre Vorräte versteckt hatten, haben sie ebenfalls mitgenommen – einfach abgeführt.“ Hopps Stimme war leise geworden: „Wir haben sie nie wieder gesehen.“

Topp schluchzte auf. Funkelauge nahm ihn schnell in ihren Otterarm. Möwe Jonny kaute seit Minuten auf einer Brotrinde herum, ohne es zu merken. Er war zu erschrocken. Schließlich merkte er es und schluckte. Er hatte das Gefühl, er würde nicht nur die Brotrinde schlucken, sondern einen unglaublichen Kloß an Schrecknissen, Ungerechtigkeiten und Angst. Angekommen in seinem Magen, wandelte sich dieser Kloß in eine ganz enorme, riesengroße, sumpfmanngrüne lodernde Wut um.

„Soooooooo nich', nich' mit uns“, fauchte er. „Was ist euer Plan?“
„Äh, ja, hm, also – was ist eigentlich unser Plan?“

„Hört mal, jemand hat nicht nur die Kornkammer ausgeraubt, sondern jegliche Vorräte und Güter, die aus dem Palast in das Reich verschickt wurden. Jemand hat betrogen, Angst und Schrecken verbreitet und – das ist das Verwerflichste, was ich je gehört habe – Tiere entführt!“ Die Möwe Jonny war außer sich. Er zitterte.

Dann wurde er ruhig: „Wisst ihr ...“
Ottermädchen und Mäuse schauten auf: „Was?“
„Es gibt Gerüchte.“

Alle waren still. Man hörte die Blätter im Wind rascheln. Auf einmal wirkte der milde Frühlingstag bedrohlich. Für Funkelauge raschelten und murmelten die Blätter nicht nur, nein, sie hatte das Gefühl, als wisperte es in den Baumkronen, als hätten Bäume, Büsche und Gräser Ohren und Augen.

Unruhig blickte sie sich um. Hopp und Topp rückten eng zusammen. Krochen auf Jonny zu. Auch sie blickten sich um. „Was – für – Gerüchte?“
„Gerüchte, dass etwas im Moor ist.“
„?“

Unwillkürlich rückte auch Funkelauge an Jonny heran. Sie schaute in das Gebüsch. Der Wald hinter ihnen war nur ein schmaler Streifen, der das Flussufer vom Moor trennte. Keine zwölf Otterlängen von ihnen begann das Moor, eine dunkle, wild zugewachsene, feuchte und vor allem gefährliche Welt, in die sich kein kluges Tier allein hinein traute. Seit ihre Kindheit waren ihr die Geschichten von Geistern und Irrlichtern, die Fremde ins Moor lockten und ertrinken ließen, bekannt. Der Boden war trügerisch, und jeder, der sich nicht auskannte, würde eines langsamen jämmerlichen Todes sterben. Kein Tier setzte dort freiwillig seine Pfoten hinein.

Und doch erzählte Jonny gerade genau das: „Jemand lebt im Moor. Vor allem in den Nächten hört man Stimmen, viele Stimmen. Es müssen Hunderte sein.“

„Jonny“, rief Funkelauge aufgebracht. „Du glaubst doch nicht an Geister?“

Die Möwe schaute das Ottermädchen an.

„Funkelauge, jetzt ist nie nich’ die Zeit für Spuk- und Geistergeschichten. Wir müssen ein Rätsel lösen, das Rätsel vom Flussreich. Jede Information muss daher geprüft werden. Hör mir zu!“

Er hatte recht. „Bitte, sprich weiter“, sagte sie daher.

„Also, an der Geschichte stören mich zwei Sachen: Es sind viele Stimmen, Schreie, aber auch Jammern und Schluchzen. Und sie ertönen meistens nachts. Nun kann es damit zusammenhängen, dass es nachts leiser ist und man daher besser hört. Oder aber …“
„Oder aber?“ Hopp und Topp waren ganz Mauseohr.
„Oder aber diejenigen, die die Geräusche verursachen, sind nur nachts aktiv.“
„Nun, es gibt nachtaktive Tiere …“, warf Funkelauge ein.

„Hm.“ Jonny überlegte. Hopp war es, der antwortete: „Nein. Nachtaktive Tiere in unserem Reich, die Fluss- und Wiesentiere, sind eigentlich nicht in Rudeln unterwegs. Sie sind eher Einzelgänger auf der Jagd. Wer aber würde im Moor jagen? Noch dazu nachts?“ Topp nickte bewundernd; sein Bruder war so schlau.

„Dann können wir wohl zusammenfassen“, brummte Jonny, „dass, wer auch immer im Moor aktiv ist, die Nacht nutzt, um sich zu verstecken. Das wiederum bedeutet: Es kann nichts Gutes sein, was dort passiert.“

Darin waren sich alle einig.

Hopp dachte weiter: „Wenn es dort viele Stimmen gibt …“
„Ja?“
„ … und wir davon ausgehen, dass sie nicht im Moor jagen …“

„Worauf willst du hinaus?“ Ottermädchen und Möwenmann beugten sich zu der Maus. Sie hatten das Gefühl, dass Hopp direkt vor der Lösung eines ihrer Rätsel stand.

„Dann“, Hopp hob die Pfote und gestikulierte: „Dann frage ich mich, wovon sie sich ernähren!“ Mit erhobener Kralle sah Hopp fast wie ein Schulmeister aus.

Jonny war erstaunt, dass – nach diesem Spannungsaufbau – Hopp mit etwas so einfachem wie Futter kam. Gerade wollte sein Schnabel empört losklackern, da sah er das Ottermädchen. Sie stand stocksteif, starrte Hopp an. „Die Vorräte!“

Es fiel Hopp, Topp und Jonny wie grüne Sumpfmann-Algenschlieren von den Augen. Natürlich. Sollten Tiere, viele Tiere, im Moor leben, mussten sie sich ernähren. Im Moor konnte man nicht jagen und nichts anbauen, man brauchte also Vorräte. Viele Vorräte. Dahin waren also alle Vorräte des Königs verschwunden. So musste es sein. Das war die Lösung!

„Und, und, und …“ Hopp verhaspelte sich. Topp beendete in brüderlicher Eintracht seinen Satz: „Dahin könnten die verschleppten Tiere gelangt sein?“

„Ja“, Hopps Stimme brach. Das wäre doch möglich, oder? Vielleicht lebten sie noch! Vielleicht hatte der große moderige Sumpfmann sie nicht verschluckt, wie er immer gedacht hatte.

Hinter ihnen im Gebüsch knackte es. Blitzartig drehten sich alle um. Funkelauge schoss nach vorne, ins Gebüsch. „Wer ist d ... aaah ...“ Es gab Tumult, Fauchen. Topp vergaß alle Angst, er war wieder der starke Krieger, Hopp zog ein mausekleines Schwert. Jonny wollte lospreschen, wenn er nur wüsste, wohin. Wo war Funkelauge? Das Gebüsch zitterte. „Dort!“, schrie Topp und sprang in das Gewirr von Büschen, Ästen, Zweigen und war weg. Jonny schnappte sich Hopp und brach hinterher. Sie rannten, stolperten, rafften sich auf, sie riefen und schrien: „Funkelauge!“

9. Kapitel
Eine dicke Überraschung

Ponzo lag in seinem Zelt auf extraweichen Kissen. Er hatte den reich bestickten Brokatmantel lässig um sich geschlagen und knabberte gedankenverloren getrocknete Himbeeren. Die waren aber auch schmackhaft! Wenn sie wollten, leisteten die Tiere des Flussreiches wunderbare Arbeit. „Ich weiß gar nicht“, sagte sich Ponzo, „warum die sich so anstellen mit den Abgaben. Es geht doch! Diese Himbeeren beweisen es. Nein, immerzu müssen sie lamentieren, jammern, sich weigern. Es ist schon ein hartes Leben, der königliche Berater zu sein.“

Aber eigentlich drehten sich seine Gedanken um seinen Informanten, oder besser: um das Ausbleiben seines Informanten. Seitdem er ihn das letzte Mal wieder auf die Fährte des jungen Königs geschickt hatte, ließ er auf sich warten. War etwas passiert? Das wäre höchst ärgerlich für Ponzo. Schließlich waren gute Spione selten. Gut, ein gewisses Berufsrisiko blieb natürlich: So ein Informant wurde gerne, wenn er entdeckt wurde, gefangen genommen oder sogar hingerichtet. Wobei – „Nääa“, sagte sich Ponzo in Gedanken, „dafür ist der junge Seidenpfote ein viel zu gutes Tier. Das würde der im Leben nicht über sich bringen.“ Also bestand Hoffnung, dass sein Informant noch käme. „Dem werde ich was erzählen – mich hier warten zu lassen.“ Erbost fegte der königliche Berater die Schale mit den Himbeeren vom Kissen. Man ließ eine Wasserratte nicht warten, schon gar nicht ihn!

In dem Moment trat eine seiner Wachen ins Zelt. „Runter vom Teppich mit den schlammigen Pfoten“, schrie Ponzo. „Seit wann sitzen wir in diesem Moor? Und seit wann ist der Moorboden sauber? Nein, ist er nicht? Warum kommt er dann mit nassen Pfoten in mein Zelt? Soll ich euch Dumpfbacken gleich die Pfoten abschneiden lassen?“ Ponzo war außer sich. „Was gibt es?“, ranzte er.

„Wir haben eine Gefangene.“ Die Jungwasserratte hielt sich vor Angst an ihrer Lanze fest.

„Eine Gefangene?“ Schlagartig besserte sich Ponzos Stimmung. Gefangene sorgten für Abwechslung. Die hatte er beim allerstinkigsten Sumpfmann auch bitter nötig. Seit Tagen hing er in diesem verfluchten Moor fest und kam nicht weiter. „Führt sie herein.“

In Fesseln, mit verbundener Schnauze, dreckig und mit blutigen Schrammen übersät führten die Wachen zwischen sich Funkelauge herein. Man hatte ihr übel mitgespielt. Dennoch blitzten und funkelten ihre Augen wütend, dann erkannte sie Ponzo. Es schien sie nicht zu überraschen, gerade ihn hier zu sehen. Im Gegenteil – sie nickte nur, und ein grimmiger Ausdruck huschte über ihr Gesicht.

„Wieso erschreckt sie es nicht, mich zu sehen?“ Ponzo war verwirrt. Für sie war er doch der seriöse königliche Berater, vielleicht nicht unbedingt rasend charmant, aber von seinen Plänen konnte sie doch nichts wissen? Sie hätte zutiefst verstört sein müssen.

Sofort fasste er sich wieder. „Sieh an, sieh an. Na, wenn wir uns nicht kennen“, säuselte er. „Funkelauge, die gute, schlaue, ach so liebe Funkelauge in meiner Gewalt!“ Er lachte hämisch und fuhr dann barsch fort: „Wo kommt sie her? Was hat sie getan? Was weiß sie?“

Die junge Wasserratte stotterte, lieferte aber einen Bericht. „Vom Ufer des Flusses, wir haben sie belauscht. Sie unterhielt sich mit einer Möwe und zwei Mäusen.

„Wo sind die?“, schnauzte Ponzo.
„Sie sind entkommen.“
„Was?“

Wenn man genau hinhörte, konnte man ein leises Schubbern von Fell hören, dort, wo die Knie der Jungratte beim Zittern aneinanderstießen. Die Wache tat Funkelauge leid, musste sich aber eingestehen, dass sie sich selbst in keiner guten Lage befand. Da hielt sie lieber ihr Schnäuzchen – war ja eh zugebunden.

„Wie unfähig seid ihr eigentlich?“ Die Stimme nahm an Lautstärke innerhalb dieses kurzen Satzes deutlich zu. Ponzo tobte. „Raus!“ Alle Wachen flohen aus dem Zelt.

Funkelauge war allein – mit einer Wasserratte außer Kontrolle. Das war nicht gut. Aber der königliche Berater beruhigte sich. Er starrte Funkelauge an. Er überlegte: Was konnte er mit ihr anstellen? Ihre Gefangennahme sollte ihm nutzen. Aber wie?

Da wusste er es: „Na, wenn du kein guter Lockvogel bist, mit dem ich den schlauen Herrn König in die Falle locken kann.“ Triumphierend stupste er das Ottermädchen an. Funkelauge konnte sich nicht wehren. „Ja, das sollte uns gelingen, aus dir eine kleine Prinzessin zu machen. Ein hübsches Gewand, das die Schrammen versteckt. Du wirst dem König schon gefallen. Er hat doch eh einen Narren an dir gefressen, nicht wahr, Zuckerschnäuzchen? Stell dir das vor ...“ Versonnen blickte Ponzo an die Zeltdecke. Funkelauge war aschfahl geworden. Wenn Ponzo sie als Gefangene haben und foltern wollte, bitte, soll er machen. Aber ihren König in die Falle locken, mit ihrer Hilfe – das durfte nicht sein. Sie zog und zerrte an ihren Fesseln – aber es half nichts. Sie saß in der Falle.

„Der gute König Seidenpfote geht mir ins Netz. Ein bisschen Folter hier und dort, eine kleine Daumenschraube – äh, Pfotenschraube – und ein kleines Messerchen an deiner hübschen Kehle, und er wird machen, was ich möchte.“

„Seidenpfote sollte machen, was Ponzo wollte? Was wollte Ponzo bloß?“ Funkelauge ahnte Schreckliches. Aber statt irgendetwas zu erklären, fing der königliche Berater hämisch an zu lachen, immer lauter und schriller. „Er ist wahnsinnig geworden.“ Das war das Einzige, was Funkelauge in dem Moment denken konnte, „völlig irre. Wir müssen was tun. Was hat er vor?“ Doch sie konnte nichts tun. Sie war gefangen. Sie war ihm ausgeliefert.

Ponzo weidete sich an ihrer Verzweiflung und rannte dann, immer noch lachend, aus dem Zelt.

Eines war Funkelauge klar: Nicht nur sie, auch der König schwebte in höchster Gefahr. Die Wasserratte war von Sinnen – und damit der gefährlichste Gegner überhaupt. Sie musste unbedingt den König warnen, aber wie? Vor Wut, Enttäuschung und Hoffnungslosigkeit sackte sie zusammen. Wachen kamen herein und schleiften sie, weil sie selbst nicht mehr Herrin über ihre Pfoten war, aus dem Zelt hinaus in einen Kerker. Typisch Ponzo: Wenn im Moor auch alles vorübergehend war, das, was er als erstes fest gemauert hatte, war ein Kerker. Das sprach Bände.

Man stieß Funkelauge in den Kerker, verrammelte die Tür und ging. Wieder war sie allein – und ohne Hoffnung. Tränen kamen; sie bekämpfte sie. Nebenbei nahmen ihre Otterohren die Geräusche von draußen auf. Sie hörte ein leises Rascheln am Eingang des Kerkers, sah aber nichts außer Schlamm und Dreckklumpen. So entsetzlich, wie der Boden aussah, so fühlte sie sich. Es war alles verloren.

Im Biberreich

Unterdessen war Seidenpfote auf dem Weg ins Biberreich. Von den qualvollen Momenten seiner lieben Funkelauge wusste er nichts und ahnte auch nichts von den schwarzen Gewitterwolken, die sich am Horizont seiner Herrschaft in Gestalt eines wahnsinnigen Ponzo auftürmten. Stattdessen schritt er frohgemut aus. Hinter ihm versuchte Wühlmaus mit abermals wogendem Bäuchlein verzweifelt, mit dem König Schritt zu halten. Seidenpfote bemerkte es nicht. Er dachte über seinen Besuch beim großen Mümmelmann nach.

Das Reich des großen Mümmelmanns lag im Nordosten des Flussreiches. Dorthin war der junge König mit den Ideen der Haselmaus von Schulden und Zinsen im Gepäck gezogen. Und die Reise hatte sich gelohnt: Seidenpfote hatte seine Bitte vorbringen können und mit dem Vorschlag von Schulden und Zinsen offene Türen eingerannt. Der große Mümmelmann, ein alternder Hase, groß und sehnig vom vielen Hakenschlagen, mit einem weißen Fell, galt als bärbeißig – sofern das für einen Feldhasen ein zutreffender Begriff ist. Er war kein Freund von ausgesuchter Höflichkeit. Am liebsten schnauzte er ein wenig herum. Durch seine Hasenzähne und seine Hasenscharte klang das ganz lustig, denn er lispelte. Aber bei allem, was recht ist: Das durfte ihm natürlich niemand sagen, geschweige denn darüber lachen. Dann hätte man als Maus, Otter, Feldlerche oder Fasan die Ohren lang gezogen bekommen, bis sie mit Mümmelmanns Hasenlöffeln mithalten konnten.

Seidenpfote gelang es sehr gut, ernst zu bleiben – er war so aufgeregt wegen all seiner Schulden und Zinsen, dass er dabei die Eigenarten seines Gegenübers überhörte. Und so konnte er das Reich des Feldhasen fröhlich mit neuen Vorräten bepackt wieder verlassen.

Nun zog es ihn heim. Er wünschte sich, die frohe Kunde in seinem Reich zu verkünden, die Vorräte auszuteilen, den Tieren bessere Zeiten zu versprechen, mit ihnen gemeinsam auszusäen und im Herbst Erntedank zu feiern. Es standen gute Zeiten bevor. Wie ihn das freute. Daneben sehnte er sich auch nach ein wenig Ruhe an seinem Palaststrand, einem Bad im Fluss … und darauf, Funkelauge wiederzusehen.

Oh, darauf freute er sich sehr. In Gedanken stellte er sich vor, wie sie zum ersten Mal gemeinsam durch den Fluss flitzen, um die Ecke seines Palastes linsen, über den Stein dort hinübergleiten, den nächsten Felsen umschiffen und durch den Algenwald tauchen würden – ha, da könnten sie ein wenig Verstecken spielen. Und wie schön es aussehen würde, wenn auf Funkelauges Fell das Wasser glitzern und ihre Augen im Sonnenlicht funkeln würden.

„Boah, puh, näh, nö, ich kann nicht mehr. Ein alter Mann ist doch keine Rennmaus!“

Wühlmaus' Beschwerde riss Seidenpfote aus seinem Tagtraum. Der Meister war völlig fertig und einfach stehengeblieben. Hechelnd schimpfte er dem König hinterher. Es blieb Seidenpfote nichts anderes übrig, als selbst anzuhalten und zum Mäuserich zurückzugehen. „Nun komm schon, Wühlmaus, es ist nicht mehr weit. Siehst du dort vorne den Hügel? Ja, das ist bereits der erste Vorposten des Biberreiches. Der erste Stapel aus Baumstämmen. Was sind das bloß für fleißige Nager", wieder verfiel der junge König ins Schwärmen. Seine Laune war einfach nicht zu dämpfen. Die Heimreise stand bevor. Es würde eine glückliche Heimkehr werden.

Seine Begeisterung steckte schließlich auch Wühlmaus an – oder war es der nahe liegende erste Stapel von Baumstämmen der Biber? Sei es, wie es sei: Gemeinsam schritten die Tiere wieder aus und näherten sich dem Biberreich.

Tatsächlich war der König so in Gedanken, dass es lange dauerte, bis ihm ein Detail auffiel. Ja, und Wühlmaus fiel es überhaupt nicht auf. Der war so erhitzt und mit Laufen beschäftigt, hoch konzentriert, dass er es erst merkte, als Seidenpfote ihn darauf ansprach: „Sag, Wühlmaus, vermisst du nicht etwas? Es ist so still, vor allem über uns."

„Das Meischen!"

Richtig, seit ihrer Ankunft im Reich der Haselmaus hatten sie das Meischen nicht mehr gesehen. Wühlmaus hatte es nicht bemerkt, als es im Palast der Haselmaus unter sein Bett gekullert war. Und vor lauter Müdigkeit nach einem langen, anstrengenden Flug war das kleine Vogeltier ja auch gleich eingeschlafen und hatte keinen Mucks mehr von sich gegeben. Wühlmaus hatte das kleine Vögelchen nicht gehört, und die Meise hatte ihn nicht gehört – obwohl er am Morgen seiner Abreise aus dem Bett gefallen und wie eine Wildsau herumgetrampelt war, um seine Sachen zusammenzuklauben.

Wühlmaus und der Zug des Königs waren längst über alle Berge, als das Meischen erwachte. Bis auf die dünnsten Vogelknochen war es erschüttert, als es feststellte, dass sein „Auftrag" verschwunden war. Ihr lest es richtig: Das Meischen war nämlich – trotz seines zarten Alters – ein echter Spion. Sein Chef hatte ihm viele Körner und getrocknete Früchte und Fruchtnektar und Honig versprochen, aber manchmal war er sehr fordernd, herrisch und jähzornig. Vielleicht sogar ein bisschen irre? Meistens war es dem Meischen ganz recht, mit einem neuen Auftrag das Lager seines Chefs wieder verlassen zu können. Andere Tiere konnten das nicht: Sie waren in der Knechtschaft gefangen und den Launen des Chefs schutzlos ausgesetzt.

Als dem Meischen nun am Morgen seines Erwachens im Palast der Haselmaus klar wurde, dass es Wühlmaus und den König aus den Augen verloren hatte, wurde ihm ganz übel. Das musste es dem Chef beichten. Glücklicherweise erinnerte es sich daran, dass Seidenpfote und Wühlmaus als nächstes zum großen Mümmelmann und dann zum Biberreich gewollt hatten. Aber wo sie waren, welcher Tag eigentlich war, wann sie wo sein würden – das wusste es alles nicht. Das wäre eigentlich sein Auftrag gewesen. Es blieb ihm nur übrig, so schnell wie möglich zum Chef zu fliegen, zu beichten, um dann noch die Chance zu haben, den König und die Wühlmaus auf ihrer Reise wieder einzuholen. Schnell, schnell! Das Meischen flog los, vergaß zu fressen, kämpfte, wurde von einem Regenschauer überrascht, flog weiter, musste einem Gewitter ausweichen. Ein Blitz versengte ihm den Flügel – es flog trotzdem weiter.

Mehr tot als lebendig, zerzaust und angesengt trudelte es im Zeltlager seines Chefs ein. Es kroch durch die Luke ins Zelt, unbemerkt, weil es so klein, so dünn und so schmutzig war. Man hielt es im besten Fall für einen Dreckklumpen. So setzte es sich unerkannt auf, pustete ein, zwei Mal durch und wappnete sich, um vor den Chef zu treten. Erst dann wurde es sich der Szene im Zelt bewusst: Sein Chef stand irre lachend vor einem Ottermädchen und erzählte ihm, wie er gedachte, den König des Flussreiches in eine Falle zu locken, ihn gefangen zu nehmen und zu foltern. Ein Messer war da im Spiel und Pfotenschrauben und die Kehle des armen Ottermädchens. Warum? Der Chef faselte etwas von Plänen. Das Meischen war verwirrt. Was waren das für Pläne?

Als der Chef ansetzte, aus dem Zelt zu stürmen, faltete sich das Meischen schnell wieder zu einem unansehnlichen Dreckklumpen zusammen. Es war sprachlos. Was hatte sein Chef da gesagt? Mit seiner irre verzogenen Schnauze sah er hässlicher aus als jemals ein Tier im gesamten Flussreich. Er war von Sinnen! Das wurde dem Meischen klar. Genauso, dass es nicht, wie es bislang gedacht hatte, für eine gute Sache Informationen gesammelt hatte, sondern für einen düste-

ren, gewalttätigen Plan. Das Meischen mochte König Seidenpfote doch eigentlich. Ihm wollte es helfen. Stattdessen hatte sein Chef die Informationen gegen den König eingesetzt. Sein Chef – ihr habt es längst erkannt – war kein Geringerer als Ponzo.

In diesem Moment rannte Ponzo aus dem Zelt und ließ die aller Hoffnung beraubte Funkelauge zurück. Auf den „Dreckklumpen“ am Eingang vom Zelt achteten weder er noch sonst jemand. Als die Wachen kamen und Funkelauge davon schleiften, setzte das Meischen alles daran, ihnen zu folgen. Es hatte seine Entscheidung getroffen: Es gehörte zu den Guten, jawohl! Es musste handeln und sich seinem Chef entgegenstellen. Nun hieß es: Alles oder nichts, Meischen gegen Wasserratte. „Oh je, oh je. Bei allen nassen und kalten, grün glitschigen Töchtern des Sumpfmannes, das werde ich noch bereuen“, dachte das Meischen. „Der Chef ist wahnsinnig geworden. Wie komme ich bloß auf den Gedanken, etwas gegen ihn ausrichten zu können.“ Aber es wusste eines: So wie die Dinge standen, musste es irgendetwas tun, wenn ein größeres Unheil noch abgewendet werden sollte. So kroch der Dreckklumpen den Wachen und dem Ottermädchen hinterher und wurde schließlich unerkannt mit Funkelauge gemeinsam im Kerker eingeschlossen.

10. KAPITEL
IM MOOR

Als Jonny mit Hopp endlich Topp einholte, kauerte der am Fuß einer Birke, hinter welcher der Felsen steil zum Moor abfiel. Er schaute hinab.

„Pfffhhh." Da war die Möwenmacke wieder. In Wahrheit war Jonny außer Atem und konnte gar nichts anderes krächzen als „pfffhhh". Mit einer Schwinge lehnte er sich an einen Felsen und hing durch wie ein nasser Grashalm. „Pfffhhh, also … ehrlich …"

„Pscht!" Topp drehte sich nicht einmal um. Verdutzt schaute Jonny auf. Hopp kroch zu seinem Bruder.

„Runter!", zischte Topp. „Sofort."

„Na gut", dachte sich Hopp, „lass ich mich mal fallen. Aber was soll das Ganze?" Auf dem Bauch robbte er das letzte Stück zu seinem Bruder und blickte ebenfalls hinab ins Moor. „Wahnsinn." Mehr konnte er dazu nicht sagen. Jetzt war auch Jonny neugierig und renkte sich fast den Hals aus, um etwas zu sehen.

„Das ist übel, ganz übel." Hopp übernahm das Wort: „Das da", er deutete hinab ins Moor, „das da ist eine Armee. Eine große Armee."

„Aber was …" Topp konnte das, was er sah, nicht fassen. Die Szene vor ihm war unwirklich: Das Moor war aufgefüllt worden! Da war kein Morast mehr, in dem man versinken konnte. Alles war Landfläche. Der Fels, auf dem sie lagen, war unter ihnen ausgehöhlt – offenbar hatte man hier die notwendigen Steine und Schutt herausgehauen. Auf dem künstlichen Boden lagerte eine riesige Zeltstadt, in der geschäftiges Treiben herrschte. Sicher, die Wege zwischen den Zelten waren schlammig, es quatschte Wasser zwischen den Steinen hervor. Aber alles in allem lag vor ihnen ein Heereslager – mitten im Moor.

Hopp, Topp und Jonny schauten sich trotz ihres Schrecks um. Irgendwo musste Funkelauge sein.

„Da!“ Jonny zeigte auf ein besonders großes Zelt inmitten des Lagers. Wachen bewegten sich dorthin und zwischen sich führten sie …

„Funkelauge!“ Hopp jammerte den Namen mehr, als dass er ihn rief. Denn Funkelauge sah schlimm aus – nichts erinnerte mehr an das stolze Ottermädchen, das mutig durch das Land reiste und es mit allem und jeden aufnahm. Zerkratzt und gefesselt wurde sie in das Zelt gezerrt. Einmal drehte sie den Kopf in ihre Richtung. Erleichterung überkam Hopp: Selbst über die Entfernung hinweg konnten sie das Funkeln ihrer Augen sehen. Sie war noch da, die kampfeswillige Funkelauge.

„Pfffhhh.“ Jonny amtete durch.
„Oh je, oh je“, jammerte Topp.

Hopp aber rief leise: „Halte durch. Sei stark, Funkelauge! Wir kommen und retten dich!“
„Wir … WAS?“
„Wir retten sie.“

„Äh, Hopp, hast du dir das gut überlegt? Und nicht vielleicht eine klitzekleine Kleinigkeit vergessen? Zum Beispiel DAS da?“ Mit seiner Schwinge wies Jonny auf das Zeltlager und alle Wasserratten, die unter ihnen marschierten, exerzierten, spazierten und diskutierten. Ein riesiges Lager voller riesiger Wasserratten.

„Und wir sind was: Zwei Minimäuse und eine verhungerte Möwe?“

„Wenn du sie im Stich lassen willst, bitte. Ich tue das nicht“, zischte Hopp und gürtete sein Schwert fester. „Also?“

Topp stand auf, trat neben seinen Bruder und schaute Jonny jämmerlich an. „Er ist mein Bruder. Und Funkelauge … nein, selbst wenn es mich meinen Mausepelz kostet, ich werde ihr helfen!“

„Wohl gesprochen, mein Bruder.“ Mit stolz geschwellter Brust verschränkte Topp die Pfoten vor seiner winzigen Brust.

Jonny schüttelte den Schnabel. „Ich sage nicht, dass ich sie nicht retten will. Ich sage nur: Hast du dir das gut überlegt? Sollten wir nicht einen Plan schmieden? Uns etwas Schlaues überlegen. Topp?“

Topp war schon über die Klippe geflitzt und hangelte sich bereits den Berg hinab. „Wir haben keine Zeit“, hörte Jonny ihn rufen. „Funkelauge ist in höchster Gefahr!“

Ahoi

„Die Idee, die Biber um Hilfe zu bitten, ist brillant“, dachte Seidenpfote. „Die Berge an Vorräten können problemlos transportiert werden, und von den Flößen kann man die ersten Rationen schon während der Fahrt den Fluss entlang verteilen.“ So würde die erste Hilfe sofort und direkt in den Dörfern ankommen.

Mit Wühlmaus im Schlepptau erreicht er gerade die ersten Biberbauten. Die langzahnigen Gesellen wussten ja bereits Bescheid. Sie hatten die Ladung an Vorräten, die Seidenpfote von der Haselmaus bekommen hatte, schon vor Tagen auf Flöße geladen und auf die Reise ins Flussreich geschickt. Nun erwarteten sie den König höchstpersönlich. Und da kam er, mit einem grau bepelzten, kugeligen Begleiter, der ein wenig schnaufte.

„Aha, nich'“, brummelte der Oberste Biber, „da seid ihr ja. Fein. Ja, also, nich', wir haben da schon mal was vorbereitet ...“ Mit diesen Worten leitete er Seidenpfote in eine kleine sandige Bucht. Fest vertäut am Ufer warteten dort sieben wunderschön gearbeitete, vertrauenerweckende Flöße. Die hatten die Biber, während sie auf den König warteten, schon angefertigt. Was waren das für gute und vor allem schnelle Holzspezialisten, dachte Seidenpfote. Er war dankbar. All die Hilfe, die er auf seiner Reise erfahren hatte, rührte ihn. Wäre es eigentlich zu modern, eine kleine Träne zu verdrücken? Verstohlen wischte sich Seidenpfote über seine Otteraugen. Modern hin oder her, bei den rauen Bibern wollte er sich keine Blöße geben.

„Sieben Flöße, großartig gearbeitet – ich weiß nicht, wie ich euch danken soll!“

„Na ja, nich', ist eine Kleinigkeit für uns. Mach dir mal nich in den Königspelz.“

Wühlmaus starrte den Biber an. Wie redete der denn mit seinem König?

„Hoffe mal, ihr seid seetauglich?“ Der Biber musterte erst Seidenpfote, dann Wühlmaus. „Na ja, nich’, was den Otter betrifft, bin ich mir fast sicher. Aber bei dem da …“ Er deutete auf Wühlmaus.

„Also bitte!“ Wühlmaus stemmt seine Pfoten in die birnenförmige Taille. „Das verbitte ich mir.“

„Na, wir werden es ja sehen, nich’.“ Achselzuckend drehte sich der Biber um. Über die Schulter brummelte er noch ein: „Na, nun nimm’s mal nich’ so schwer. Ich meine es ja gar nich’ bös.“ Er trottete zu den Flößen.

Seidenpfote musste an sich halten: Wühlmaus vor Entrüstung abstehendes Fell war ein zu lustiger Anblick, als dass er ernst bleiben konnte. Der sah aus wie eine explodierte Pusteblume. Schnell trabte Seidenpfote hinter dem Biber her und patschte Wühlmaus freundschaftlich auf dessen Schulter. Die königliche Pfote hinterließ in dem abstehenden Fell einen königlichen Abdruck. Wühlmaus bemerkte es glücklicherweise nicht. Er war mit dem Befühlen seiner birnenförmigen Taille beschäftigt: Hatte er etwa abgenommen? Die Reise war nun wirklich sehr anstrengend gewesen. Tatsächlich, so ein, zwei Wulste weniger waren das schon.

„Nun komm schon“, rief Seidenpfote ihn zu den Flößen herüber.

Der Biber machte Seidenpfote und sein Gefolge mit den Sicherheitsbestimmungen auf den Flößen vertraut. Sorgfältig wies er auf die Notausstiege hin (eigentlich war das gesamte Floß ein einziger Notausstieg: Man sprang einfach ins Wasser), verpasste beiden Tieren eine Schwimmweste aus Kork, die Seidenpfote belustigt hinter sich legte – er als Otter eine Schwimmweste tragen, wie unmodern – und zeigte Wühlmaus noch die einfachsten Schwimmbewegungen. Wirklich Sorgen machte der Biber sich nicht: Als alle Flöße losgebunden und mit den vereinten Kräften aller Biber ins Wasser geschoben waren, als die Flöße sich im fließenden Flusswasser ausgerichtet und Fahrt aufgenommen hatten, als er dem König noch ein „Adieu und Ahoi“ zugerufen hatte und die Flöße hinter der nächsten Flussbiegung verschwanden, da dachte der Biber bei sich: „Na ja, nich’: Fett schwimmt oben!“

Und schon waren die Flöße verschwunden. In seiner Korkschwimmweste richtete sich Wühlmaus gekränkt ein, lehnte sich an einen der

Vorratsballen und beobachtete misstrauisch das Wasser, das am Floß leckte. Scheinbar blieb es, wo es war. Keine Welle verirrte sich auf das Floß, und langsam hob sich Wühlmaus' Stimmung. Er hörte nun dem König zu, der wieder einmal über die Probleme seines Reiches grübelte und einige Gedanken Funkelauge widmete. „Sie hat es ihm angetan", dachte Wühlmaus bei sich – und dann wurde ihm schlecht. Schlagartig. Seekrankheit – jemand hatte ihm einmal davon erzählt. Den Rest des Tages verbrachte er schnaufend am Floßrand und blickte mit gequältem Blick die Fische an, die vorbeizogen.

Seidenpfote dagegen grübelte und grübelte. Zuhause erwartete ihn die nächste große Herausforderung: Wenn die Kornkammer einmal ausgeraubt worden war, könnte es wieder passieren. Schlimmer war aber, dass er den Kern des Übels noch immer nicht kannte. Auf seiner Reise hatte Seidenpfote oft an Funkelauge gedacht. Zum einen sorgte er sich sehr um sie. Immer wenn er an sie dachte, funkelten ihre Augen ihn in seinem Geist an und hörte er ihre sanfte Stimme. Selbst über die Entfernung hinweg machte sie ihm Mut. Wie er sich danach sehnte, sie wiederzusehen. Zum anderen hoffte er natürlich, dass sie herausgefunden hatte, warum es seinem Reich so schlecht ging.

Ein guter Plan und ein kleiner, großer Held

Wenn Seidenpfote nur gewusst hätte, in welcher Not Funkelauge sich befand. Er wäre sofort zu ihr geeilt beziehungsweise geschwommen. Wenn er gewusst hätte, wie einsam sie sich in ihrem Kerker fühlte. Sie war hungrig und ihr war kalt. Das sonst so mutige Ottermädchen war am Verzweifeln. Da hörte es ein Rascheln neben der Tür. Es schaute hin, sah aber niemanden. Nur einen Dreckklumpen, der sich bewegte. Der sich bewegte? Sie stand auf und kam näher. Sie beobachtete, wie vom Klumpen Sand bröselte. Dann stach ein winziger Ast hervor, der ... nein, das war kein Ast, das

war ... ein Vogelfuß. „Was beim großen Sumpfmann", wunderte sich Funkelauge, da schüttelte sich der Dreckklumpen, und vor ihr saß ein ziemlich schmutziges Meischen.

„Piep!"

„Ja, das würde ich auch sagen: Piep. Was ist das denn? Wer bist du? Wie kommst du hierher? Und wie siehst du eigentlich aus?"

„Du klingst wie meine Mutter!"

„Wie deine ... sag mal ..." Funkelauge war fassungslos. Das Gute daran war, dass sie darüber ihre Not vergaß. Dieses kleine Ding da vor ihr nahm den Schnabel ziemlich voll.

„Gut, fangen wir von vorne an: Wer bist du?"

Da fing das Meischen an zu weinen – alles in allem war es eben doch noch ein Jungtier und die durchgestandenen Flüge und die zuvor gewonnene Erkenntnis waren zu viel für seine noch jungen Nerven.

„Na, wer wird denn ..." Das Ottermädchen fühlte sich hilflos. Zuneigung für den kleinen Schmutzfinken, entschuldigt: Schmutzmeischen, wallte in ihr hoch. Sanft nahm sie es in ihre Pfoten und hob es hoch. „Nicht weinen, so schlimm kann es gar nicht sein." Innerlich dachte sie: „Na ja, eigentlich doch: Schließlich stecken wir beide in einem Kerker mitten in einem Zeltlager, das mitten in einem Moor steht, das kein Moor mehr ist, dafür aber voller Wasserratten steckt, deren Anführer wahnsinnig geworden ist und den König unseres Reiches stürzen will. Geht es eigentlich schlimmer?"

Aber das wollte sie dem Meischen nicht auf den Schnabel binden. Das Jungtier erholte sich langsam. Die Wärme von Funkelauges Pfoten tat ihm gut, und so schmiegte es sich an ihr Fell. „Hmmm!" Es lächelte. Funkelauge musste grinsen. Dann aber fiel das Lächeln des Vogels zusammen: „Ich bin ein ganz schlechtes Tier." Und wieder rang sich ein Schluchzer ins Freie.

„Warum?"
„Ich habe dem Teufel gedient."

„?“
„Du musst mich hassen.“
„Ich muss dich hassen? Na, jetzt reicht es aber.“ Funkelauge sah das Meischen an. „Erzähl!“

Und das Meischen erzählte von seinem Chef, Ponzo. Dass es als Ponzos Informant dem König und Wühlmaus hinterher geflogen war. „Ich dachte wirklich, ich tue etwas Gutes“, schluchzte das Vogelkind.

„Du hast den König gesehen? Wie geht es ihm“, unterbrach Funkelauge den Vogel aufgeregt.
„Das letzte Mal habe ich ihn vor drei Tagen gesehen, da ging es ihm gut.“
„Erzähl mehr.“ Das Meischen berichtete ihr, wie erfolgreich Seidenpfotes Mission verlaufen war und dass er viele Vorräte von der Haselmaus bekommen hatte. Es wusste, dass Seidenpfote und Wühlmaus im Anschluss zum großen Mümmelmann und dann zu den Bibern wollten.

„Sie müssten bereits bei den Bibern sein und von dort auf Flöße umsteigen“, schloss das Meischen seinen Bericht.

„Ja, und dann fahren sie den Fluss hinunter, kommen am Moor vorbei, wo Ponzo ihm die Falle stellen will.“ Funkelauges Stimme klang abgrundtief verächtlich und traurig. „Wenn ich nur etwas tun könnte! Aber ich bin bei allen Schlingpflanzen von Sumpfmanns Reich gefangen, gefesselt und eingekerkert. Sumpfmanns Töchter sollen mich holen!“ Oh, sie war zornig.

„Du, ähm, pieps, also“, stotterte das Meischen. „Was mir gerade einfällt.“ Funkelauge hielt mitten in ihrem zornigen Ausbruch inne und blickte das Meischen an, dass sie übrigens immer noch in ihren Pfoten hielt und fast zerdrückt hätte.

„Was wäre, wenn ich losflöge. Ich könnte flußaufwärts fliegen, nach den Flößen von Seidenpfote suchen und ihn warnen.“

„Ha!“ Wie einfach das klang. Warum waren sie nicht früher darauf gekommen. „Das wäre eine Idee“, murmelte Funkelauge. Sie überlegte fieberhaft. „Vielleicht fällt König Seidenpfote etwas ein, um der Falle zu entkommen. Oh, das ist gut, das ist sehr gut." Funkelauge war begeistert. Da schimmerte Hoffnung auf.

„Aber", piepste das Meischen, „wenn Seidenpfote der Falle entgeht, dann wird Ponzo sich an dir rächen."

„Mach dir darüber keine Gedanken", sagte Funkelauge mutiger und unbekümmerter, als ihr zumute war. „Hier geht es um den König. Er und das Reich müssen gerettet werden."

„Du bist sehr mutig!" Der Vogeljunge war voller Hochachtung für das Ottermädchen.

„Und du, mein kleiner Vogelmann", dabei stupste das Flusstier dem Vogel auf den Schnabel, „du wirst alle Schuld von dir waschen und als Held in die Geschichte eingehen, wenn du das schaffst!"

Seliges Grinsen antwortete ihr.

„Man darf dich aber um aller Sumpfmänner willen nicht sehen! Und was essen musst du auch". Bei diesen Worten piekste sie dem Vögelchen in die Rippen. „Da ist ja nichts bis auf Sehnen und Muskeln." Sie überlegte kurz. „Pass auf, wir machen es so: Wir warten den Abend ab. Dann werden mir die Wachen sicherlich etwas zu essen bringen. Davon wirst du genug essen, dass du wieder zu Kräften kommst. Und in der Nacht fliegst du los. Wir müssen darauf vertrauen, dass es noch früh genug ist. Aber wenn ich das richtig verstehe, will Ponzo mich als Lockvogel an den Fluss stellen. Das heißt, dass es hell sein muss. Vor morgen früh wird er nichts unternehmen. Und das gibt dir hoffentlich Zeit genug, Seidenpfote zu finden und zu warnen."

Es war ein guter Plan, und nicht nur deswegen, weil es der einzige war, der ihnen blieb. Das Meischen und das Ottermädchen setzten sich also und verhielten sich still. Sie warteten auf den Abend.

Währenddessen dümpelten die Flöße mit dem königlichen Gefolge langsam die erste Flussetappe entlang. Es war ein gemütliches Schippern, und bald richtete man sich auf den Abend und die kommende Nacht ein. Wenn ihre Berechnungen stimmten, dann würden sie morgen im Laufe des Vormittags die Grenze des Flussreiches passieren.

Kurz danach würden sie durch das Moor fahren, und dann wären sie schon auf halbem Wege zum Palast. Zufrieden knabberte Seidenpfote seine Abendration und schaute dem Sinken der Sonne zu.

Die drei Musketiere

Es raschelte schon wieder. Funkelauge setzte sich auf, bedeutete dem Meischen, still zu sein, und lauschte. Es kam von draußen. Etwas schabte an der Wand. War da jemand? Sie wollte gerade fragen, da hörte sie, wie sich Schritte dem Eingang näherten. Raue Stimmen bellten irgendwelche Befehle. Ein Schlüssel wurde ins Loch gesteckt – das Meischen krabbelte panisch hinter die Tür – und die Tür aufgeschlossen. Funkelauge, die noch immer an der Wand lauschte, wandte sich schnell um, da traten schon die Wachen ein.

„Na, junge Dame, immer noch ganz allein?“ Sie grinsten. „So wird's leider auch bleiben, unser Kerker ist einbruch- und ausbruchsicher. Tut uns leid. Aber hier hast du zumindest ein bisschen was für die Kaumuskeln. Guten Appetit!“ Damit verließen sie schon wieder die Zelle. Die Tür fiel zu. Das Meischen wurde wieder sichtbar und plusterte kurz sein Gefieder auf. „Puh, das war knapp.“ Derweil untersuchte Funkelauge den Napf. „Bäh.“

Da kratzte es wieder an der Wand. „Funkelauge, Funkelauge!“ Eine Feder tauchte am Fenster auf. Noch ein Vogel? Ja, soll ich hier eine Fasanerie eröffnen? Und woher kennt dieser komische Vogel meinen Namen? Funkelauge nährte sich vorsichtig dem Fenster. „Wer da?“

„Ich! Ufff – heee! Warum haust du mich?“ Das Gezeter ging weiter. Dann hörte Funkelauge Gebrummel, eine kurze Diskussion, dann ein „Okay, okay: Also, WIR sind's …“ – endlich erkannte sie die Stimmen und die Feder von Hopps Hut.

„Hopp! Topp! Jonny! Ihr seid es“, jubelte sie.

„Pscht!“

„Also, was ist der Plan?“ Das war Hopp. Auch typisch; er wollte gleich zur Tat schreiten. Nur: Wie kamen die darauf, dass sie, die gefangen

in einem Kerker saß, einen Plan haben könnte? „Ihr seid gut. Ich bin gefangen im Kerker! Was, frage ich also, ist euer Plan?“

„Ich hab dir ja gesagt, wir brauchen einen Plan“, hörte sie Jonny grummeln.

„Ja, ja, alles muss man selbst machen.“ Das war die ungnädige Stimme von Hopp.

Funkelauge setzte sich kopfschüttelnd hin. „Das sind mal drei Musketiere“, dachte sie bei sich. „Sei es, wie es sei: Sie sind meine Musketiere!“

Sie wandte sich an das Meischen, das allem still gefolgt war. Es hatte vor Erstaunen große Augen bekommen. Noch mehr Retter! Der ganze Vogel schien nur aus Augen und Schnabel zu bestehen. „Meischen, es ist besser, du isst schon mal. Da draußen sind Freunde von mir. Aber du merkst: Sie sind, na ja, etwas unentschlossen. Das könnte länger dauern. Wir aber halten an unserem Plan fest!“

„Okay.“ Und der Vogel schlug zu. Das Futter in dem Napf war grässlich – aber es war Nahrung. Also immer rein damit.

„Ich versuche, zu dir zu kommen“, ertönte Topps Stimme am Fenster.
„Nur zu, hier ist noch bisschen Platz“, antwortete Funkelauge.

Das Meischen nahm noch ein paar Happen, dann mehrere Schlucke Wasser. Schließlich war der Bauch so voll, dass es gerade noch fliegen konnte.

„Na, fertig und bereit?“, fragte Funkelauge.
„Ja.“
„Dann, mein mutiger Retter, fliege los. Pass auf, dass dich niemand sieht, und dann such den König. Erzähle ihm alles über Ponzos gemeinen Plan. Halt ihn auf. Auch wenn er mich retten will: Halt ihn auf! Er, der König, muss gerettet werden. Sag ihm, dass meine Freunde …“ – an der Wand war ein Schnaufen, Ächzen, Schaben und Schubbern zu hören – „tja, sag ihm, dass meine Freunde mich … hm, ja … retten werden. Doooch, das schaffen die“, fügte sie hinzu, als sie den kriti-

schen Blick der großen Meisenaugen sah. „Doch, doch. Und jetzt los mit dir. Viel Glück!“

Damit hob Funkelauge das Meischen zum Kerkerfenster und warf es hinaus in den Nachthimmel. Es flatterte eilig davon zum nächsten Baum, in dessen Krone es vor den hungrigen Blicken der Wasserratten geschützt war.

„Was war das?“, rief Topp erschrocken.
„Nicht ablenken“, moserte Hopp. „Sieh zu, dass du da rein kommst.“
Hoffentlich hat es niemand gesehen, dachte Funkelauge und wandte sich dann dem Rettungsversuch ihrer Musketiere zu.

11. Kapitel
Wie die Wasserratte baden ging

Eine Nacht und ein Tag lagen noch vor ihnen.

So lange wollte Ponzo warten, bis er Funkelauge als Prinzessin verkleidet an den Fluss stellen würde. Seinen Berechnungen nach müsste Seidenpfote mit seinen Flößen dann das Moor passieren. Und etwas Dämmerlicht wäre gerade recht für seinen Plan: Dann würde Seidenpfote nur die „Prinzessin" sehen, nicht aber den Hinterhalt. „Der wird sich wundern, unser ach so guter König. Wird Zeit, dass das Köpfchen mit dem Krönchen einmal ordentlich durchgeschüttelt wird", dachte Ponzo. Er war siegessicher, hatte alles perfekt geplant und ging es noch einmal durch: Die Gefangene saß sicher verwahrt im Kerker, Seidenpfote hatte sein Floß bestiegen – ja, Ponzo hatte einen neuen Informanten losgeschickt, der auch tatsächlich zurückgekommen war (wenn er dieses Meischen zu Gesicht bekäme, Gnade ihm der dämliche Sumpfmann, den die Tiere immerfort anbeteten) – und ein Gewand für Funkelauge hatte er auch schon: Ein alter Brokatmantel musste dran glauben. Gerade saß einer der Gewandmeister daran und nähte ihn um. Ponzo hatte also alles fein eingefädelt und im Griff. Die Pfote der Wasserratte schloss sich während seiner Gedanken zu einer geballten Faust. Ponzo schüttelte sie, lachte noch einmal sein irres Lachen und sank dann auf seine weichen Polster. „Gehässige Träume", wünschte er sich selbst.

Auch auf den Flößen hatte man sich inzwischen zur Ruhe begeben. Dort wünschte man sich allerdings „schöne Träume".

Daran war für das Meischen nicht zu denken; mit hastigen Flügelschlägen hetzte es durch den Nachthimmel. Wie es kämpfte! Es flog nicht sehr hoch, was alles noch schwieriger machte – denn es musste auf Bäume, Felsen und andere Hindernisse Acht geben. Aber auf keinen Fall wollte es das königliche Floß verpassen. Die Stunden vergingen und das Meischen wurde immer langsamer. Seine Kräfte ließen nach.

Es kämpfte, und ab und an sank ihm der Mut. Ob es überhaupt ankommen würde? Es war so schwach …

Auch Funkelauge kam diese Nacht nicht zum Schlafen. Endlich war Hopp mit Jonnys und Funkelauges Hilfe in den Kerker geklettert. Jonny hatte dann auch noch Topp hinterhergeschoben, und jetzt saß sie mit den beiden Mäuschen auf dem kargen Boden. Jonny musste draußen bleiben; er passte bei weitem nicht durch das Fenster. Schließlich war es ein Kerker. Er hatte sich in die Büsche zurückgezogen, um nicht entdeckt zu werden. Hopp und Topp würden ihm später alles erzählen. Falls sie aus dem Kerker wieder herauskämen! Das war Jonnys größte Sorge.

Fieberhaft überlegten sie, wie sie Funkelauge befreien könnten. Stundenlang diskutierten und tuschelten sie. Endlich, in den frühen Morgenstunden, fanden sie eine Lösung und legten einen Plan fest. Die beiden Mäuschen verließen den Kerker – das war gar nicht so einfach, denn Funkelauge konnte sie zwar zum Fenster hochheben, aber auf der anderen Seite stand kein Jonny mehr, der sie auffangen konnte. Topp, der Kräftigere, ließ sich als Erster durch das Fenster heben und hangelte sich vorsichtig an der Wand hinunter. Aber da erwischte ihn Topp schon mit einer Pfote. „Au!“
„Pscht!“
„Selber pscht!“

„Seid ihr wohl still“, zischte Funkelauge. Da kam ein großer Schatten auf die Mäuse zu. „Oh je, wir sind entdeckt …“ Hopp meinte, es wären seine letzten Gedanken, denn schon wurden sie geschnappt und von der Wand weggerissen. Topp wollte anfangen zu schreien, da brummelte Jonnys Stimme: „Pscht! Bin doch nur ich!“

Erleichtert hielten sich die Mäuse an seinem Gefieder fest, und Jonny brachte sie in Sicherheit ins Gebüsch, wo sie abwarten würden.

Es wurde ein langer, quälender Tag. Funkelauge hielt es kaum aus. War der König gewarnt worden? Hatte das Meischen ihn rechtzeitig gefunden? Würde der Plan von Hopp und Topp aufgehen? Hatten sie etwas übersehen? Hatte Ponzo vielleicht noch mehr in petto und würde sie alle überraschen? Sie lief hin und her. Ihre Pfoten brannten. Sie war machtlos.

Es dämmerte bereits zum Abend. Funkelauge war ein Nervenbündel. Ein ganzer Tag war vergangen, und nichts war passiert. Was war los? Da – auf einmal geriet das Lager in Aufregung. „Es geht los!" Schon platzten Wachen in den Kerker, schnappten sie wortlos und schleiften sie zu Ponzos Zelt, wo sich die wahnsinnige Wasserratte gerade vor einem großen Spiegel herausputzte. Noch ein goldener Ring hier und dort, dann der überaus teure Mantel, gespickt mit Dolchen, Messern und anderen Waffen. Funkelauge hatte das Gefühl, sie müsste sich übergeben. Er wandte sich ihr zu: „Werte Dame", näselte Ponzo. „So trostlos? Was ist das für eine Erscheinung vor deinem neuen Herrn, hä? Mehr Haltung bitte." Er weidete sich an ihrer Machtlosigkeit.

„Ein feiner Herr bist du", schnappte Funkelauge. „Dich aufzuführen vor einer gefesselten Dame. Wenn du nur dann mutig sein kannst, dann schreckt mich mein Ende nicht. Lieber bin ich tot, als so einem Waschlappen wie dir zu dienen." Sie spuckte ihm vor die Füße.

Oh, das war keine gute Idee. Drohend kam Ponzo näher, richtete sich zu voller Höhe auf. Seine Rattenaugen schauten giftig, er bleckte die Zähne – dann fiel ihm ein, dass er Funkelauge brauchte. Noch! Noch brauchte er sie als Lockvogel. Aber dann …

Wortlos wandte er sich um und schritt aus dem Zelt. Mit einem Schnippsen seiner manikürten Krallen wies er die Wachen an, Funkelauge zu verkleiden. Grob steckten sie sie in die Gewänder, knebelten das Mäulchen und banden dann einen Gesichtsschleier darüber, so dass man nur ihre Augen sah. Fertig war der Lockvogel. Sie trugen sie zum Fluss – laufen kam nicht in Frage, dann wären die Gewänder schmutzig geworden. Dort stellte man sie an einen kurzen Baumstumpf und band sie fest. Von vorne konnte niemand sehen, dass sie gefesselt war, es war

perfekt. Ponzo stellte sich hinter sie ins Gebüsch. „Nun warten wir doch mal auf den König, meine Teuerste. Und du darfst das Schauspiel genießen, wie ich den König gefangennehme, mein Wasserrattenheer die Flöße entert und eure Vorräte für mich sichert. Das ist alles mein. MEIN! Vielleicht erlebst du es ja noch, wenn ich dem König meine Pläne erzähle. Aber dafür musst du schon sehr brav sein!“

„All das nur wegen der Vorräte? Das konnte doch nicht wahr sein.“ Innerlich schrie Funkelauge: „Hopp, Topp, Jonny, wo seid ihr?“ Die Zeit wurde knapp.

Gerade ging die Sonne unter. Da erschien das erste Floß. Mit wehenden Wimpeln verkündete es den nahenden König. Funkelauge kamen die Tränen. Hatte das Meischen es nicht geschafft, den König zu warnen? Das Floß steuerte direkt auf die Falle zu. Noch war es weit entfernt, aber ... „Seidenpfote“, rief Funkelauge in Gedanken. „Pass auf!“ Natürlich konnte er sie nicht hören. „Wo sind Hopp und Topp? Jonnyyyyyyyyy!“

„Ja, wenn das nicht der König ist“, näselte Ponzo in ihrem Rücken. Sie hörte, wie er Befehle gab: Noch sollten sich alle still verhalten, niemand durfte sie bemerken – doch was war das? In den Büschen um sie herum wurde es unruhig. Einige Heeresratten tuschelten, sahen sich nervös um, suchten mit weit aufgerissenen Augen das umliegende Moor ab. Irgendetwas war im Gang.

„Ruhe!“, zischte Ponzo. „Seid sofort still, oder ich ...“ Es half nichts. Immer mehr Wasserratten wurden unruhig. Eine sprang direkt neben ihm in die Luft. Ponzo schlug wütend mit seiner ringbesetzten Pfote nach ihr. Funkelauge wurde wieder übel. Ponzo war außer sich: Niemand durfte seinen Plan gefährden.

Aber die Unruhe wurde größer. Die Ratten wurden immer nervöser. Stimmen! Sie raunten und flüsterten. Es war ein hohes, singendes Wispern, ein Singsang, den der Wind in der kühlen Abenddämmerung über das Moor trug, wie Stimmen aus längst vergessenen Zeiten. Sie mischten sich mit dem Wispern des Windes im Moor, mit dem Gurgeln des Wassers. Sie waren überall. Es klang schauerlich. Gänsehaut kroch Funkelauges Rücken hoch. Ihr Fell stellte sich auf. Und unter den Wasserratten kam Panik auf: „Die Geister. Es sind die Moorgeister!“

Aus dem nervösen Flüstern der Wachen wurde große Unruhe. Eine der Wachen – es war wohl die junge Wache, die Funkelauge knieschlotternd zu Ponzo geführt hatte – fing an, langsam rückwärtszugehen. Ein Stück weg von den Kameraden. Noch ein Stück. Noch ein Stück. Die Lanze glitt langsam zu Boden. Noch ein Stück weg von den Kameraden. Und dann – dann drehte sie sich um und fing an zu rennen. Wasserratten sind abergläubisch und mögen absolut keine Geister. (Wer tut das schon?)

„Nein! Ihr bleibt, wo ihr seid“, brüllte Ponzo. Doch die Flucht der ersten Ratte blieb nicht unbemerkt: Weitere Ratten begannen zu rennen, erst die jungen, unerfahrenen Wachen, dann auch die älteren. Ponzo tobte: „Es gibt keine Geister. Ihr unterbelichtetes Sumpfvolk.“ Aber immer mehr Ratten flüchteten. „Kommt sofort zurück! Seid ihr von allen Sumpfblasen verlassen?“ Da sah er das königliche Floß direkt auf ihn zukommen.

„Der König! Ich muss ihn bekommen. Er darf nicht entkommen. ICH BRAUCHE IHN!“ Ponzo riss alle Wasserratten mit, die er packen konnte, und rannte zum Ufer – Funkelauge war ihm völlig egal. „Entern“, schrie er, „entert das Floß!“

Funkelauge schluchzte auf und wand sich in ihren Fesseln. Ponzo schwamm mit einigen treuen Wachen auf das Floß zu. Die Moorgeister wehten weiter ihre schaurigen Gesänge über das Moor.

Und die Geisterstimmen hörten nicht auf zu raunen. Sie schlugen weitere Ratten in die Flucht. Nun gut, ehrlich gesagt wissen wir nicht, ob es Moorgeister gibt – in unserem Fall waren es keine Geister, es waren natürlich Hopp und Topp, die sich ungesehen durch das Gehölz schlichen und die Stimmen nachahmten. Sie hatten sich Schilfrohre aus dem Moor geholt und raunten ihre Gesänge durch die hohlen Pflanzen. Sie gaben sich alle Mühe, den Moorgeistern Leben einzuhauchen.

Aber das erkannten die Wasserratten nicht. Immer mehr flüchteten.

Funkelauge schaute zu Ponzo: Es waren immer noch zu viele Ratten. Eine riesige Schar glitt ins Wasser. Das seichte Wasser am Ufer brodelte vor lauter dunklen, nassen, glänzenden Rattenkörpern. Sie schwammen auf das königliche Floss zu, allen voran Ponzo mit irre glänzenden

Augen. Der Rattenschwarm folgte ihm – lange, scharfe Zähne blitzten im letzten Licht auf – und nahm die letzten Meter bis zum Floß.

Da erschien am Nachthimmel plötzlich ein Geist! Weiß, gesichtslos, mit weiten Flügeln steuerte er auf die Ratten zu. Er war riesig und machte schauerliche Geräusche. Ein dumpfes „PFFFH!“ begleitete ihn auf seinem Flug über die verängstigten Ratten. Er wollte sie bestimmt fressen!

Im Wasser brach Chaos aus: Die Ratten versuchten, vor dem Geist zu fliehen. Wasser spritzte. Sie schwammen durcheinander, übereinander, drückten sich gegenseitig unter Wasser. Jede versuchte, ihr eigenes Fell zu retten. Das Quieken der verängstigten Ratten hallte tausendfach über das Moor, kam als Echo zurück und traf wieder auf das Heer von Rattenleibern, die panisch jeden über den Haufen trampelten, der sich ihnen in den Fluchtweg stellte. Das Rattenheer verwickelte sich in ein Knäuel aus Gequieke, Geschrei, Geisterrufen, Rauschen, Echo, Wasserspritzen und „PFFFH!“. Die Panik war perfekt.

Funkelauge wurde wahnsinnig: Diesen Aufruhr musste Seidenpfote doch bemerken? Ponzo war mit den letzten verbliebenen Wachen, altgediente Kämpfer, die nichts erschüttern konnte, bereits am Floß. Spätestens jetzt musste er reagieren. Wieso tat er nichts? „Tu was, tu was“, flehte sie innerlich.

Der Geist stieß quer über den Fluss und jagte die Ratten, die in alle Richtungen flohen. Sie waren außer Kontrolle, egal, was Ponzo brüllte. Nur weg, weg von den schauerlichen Stimmen, weg von ihrem wahnsinnigen Anführer und weg von dem Geist!

Der torkelte immer noch über den Nachthimmel. Stürzte beinahe ab. Donnerte gegen einen Baum. Funkelauge wurde misstrauisch. Was war das? In dem Moment sah sie, dass die ersten Ratten das Floß erreicht hatten.

„Nein, oh nein.“ Deutlich erkannte sie Ponzo, der sich auf dem Floß aufrichtete, siegessicher die Faust in die Luft reckte und schüttelte. Sie hörte seine Stimme über das Wasser hinweg: „Seidenpfote“, lockte er, „komm heraus! Zeig dich! Sei ein Mann – wo bist du?“ Hinter Ponzo kletterten seine übrigen Ratten auf das Floß, das ganze Floß war voll

von ihnen. Sie umringten das kleine Zelt, das den Flößern Schutz vor Regen bot und ihnen in der Nacht ein Dach über dem Kopf war – jetzt war es zur Falle geworden. Funkelauge schloss die Augen.

Da gellte ein Schrei durch den Abend. Er war viel gruseliger als alle Geisterstimmen. Er schrillte vor Schmerz, Zorn und lodernder Wut. Funkelauge riss die Augen auf und sah, wie Ponzo das Zelt niedergerissen hatte. Mit Stoffresten in seinen Pfoten sprangen er und alle anderen Ratten auf dem Floß herum. Was war jetzt schon wieder los? Da hörte Funkelauge es: Ein Brummen. Wespen! Es mussten Hunderte sein – und sie verstand: Erleichterung flutete ihr Otterherz und schwappte über: Eine Falle!

Das Floß war eine Falle für Ponzo! Also hatte das Meischen es geschafft und Seidenpfote gewarnt. Der wiederum hatte dieses Floß mit den königlichen Wimpeln als Lockvogel losgeschickt, mit einem riesigen Wespennest im Zelt. Die missmutigen Wespen hatten nur darauf gewartet, von den Wasserratten aufgestöbert zu werden. Jetzt schwärmten sie zornig um die Ratten und zerstachen sie. Funkelauge erkannte gegen den roten Abendhimmel Hunderte von ihnen. Vor Freude gluckste sie durch den Knebel hindurch.

Nur – wo war Seidenpfote? Sie kniff die Augen zusammen und versuchte, auf dem Fluss etwas zu entdecken.

In dem Moment schlug neben ihr etwas Großes auf. Erschrocken wollte sie zur Seite springen und merkte, dass sie immer noch gefesselt war. Hektisch schaute sie neben sich, was da aufgeschlagen hatte. „Jetzt mal im Ernst“, dachte sie, denn da … lag der Geist. Groß, bebend, aus weißem Stoff … äh, Stoff?

„PFFFH“, machte der Geist.

„Was? Dieses ‚Pfffh‘ kenne ich doch“, wollte Funkelauge eigentlich herausschreien vor Freude. Was aber tatsächlich durch den Knebel drang war ein „Hmmm? MMMPFH! Hmrchmmmpf …“
„Pfffh, hilf mir lieber mal“. Das war Jonny!
„MMMMRCHHHH! MHMPF“

„Super!“ Jonny strampelte, rollte sich am Boden, konnte seinen Schnabel befreien und hackte mit ihm wild auf dem Stoff herum. „Du – hack – bist – hack, hack – ja eine große Hilfe!“ Da hatte er seinen Kopf befreit und sah Funkelauges Gesichtsschleier. „Oh!“

Da merkte sie, dass jemand an ihren Fesseln zerrte. „HMMPF?“ Erschrocken schaute sie hinter sich. „Sind nur wir!“ Hopp und Topp grinsten sie an und lösten ihre Fesseln, während Jonny sich endgültig von dem Stoff befreite. Es war ein Zelt, ja, ein Zelt. Jonny war der Geist – wenn auch nicht ganz freiwillig. Ursprünglich sollte Jonny sich in die Luft schwingen und kleine Kiesel auf die Wachen werfen, um sie nervöser zu machen. Soweit die Idee, doch die ging leicht daneben: Jonny war zu tief auf das Lager zugeflogen, hatte die Kurve nicht mehr bekommen, war in das Zeltlager der Wasserratten hineingesegelt, auf ein Zelt aufgeschlagen, durch es hindurchgefegt und hatte es mitsamt seiner Verankerung aus dem Boden gerissen. Mit dem Stoff über dem Kopf war Jonny samt Zelt im Blindflug durch die Reihen der Wachen geflogen.

So war er als schauerlicher Geist durch das Moor geflitzt und hatte massenweise Wasserratten in die Flucht geschlagen. Hopp und Topp beglückwünschten ihn. Funkelauge umarmte alle. „Oh beim glücklichen Sumpfmann, seinen tanzenden Töchtern und allen Regenbogenbläschen dieser Welt.“ Sie war erleichtert. Jetzt fehlte nur noch Seidenpfote. Sie schaute zum Fluss.

„Wie sieht's aus?“ Hopp sprang neben sie.

Stumm deutete Funkelauge auf das Wasser. Auf dem Floß stand nur noch Ponzo, der mit seinen Armen wütend in der Luft ruderte, um die Wespen zu vertreiben. Da erschienen weitere Flöße. „Da kommen sie“, rief Hopp begeistert. Das musste der König sein. Und tatsächlich: Trompeten verkündeten die Ankunft des Königs. Ponzo stellte sich in Position. Noch einmal rief er alle Ratten zu sich – aber was war geschehen? Sie waren alle weg! Geisterstimmen, Geistersegler und Wespen hatten seinem mühsam über Jahre aufgebauten Heer den Garaus gemacht. Er war allein.

Aber ans Aufgeben dachte Ponzo nicht. Er wartete, bis das Floß mit dem König neben ihm war, holte Luft und schrie: „Seidenpfote, komm heraus! Zeig dich, sei ein Mann. Deine Geister sind lächerlich. Wespen

sind lächerlich. Glaubst du etwa, du kannst mir damit Angst machen? Komm und blick deinem Schicksal ins Gesicht! Denn ich, ich bin der neue König. Ich werde dich vernichten! Dein Reich liegt bereits am Boden. Und alle denken, du hast sie im Stich gelassen. Ich habe dein wunderschönes Reich so heruntergewirtschaftet, das es sich jahrelang nicht erholen wird. Die Tiere sind von mir abhängig. Ich kann ihnen Futter geben – du hast es ja schön aus den Nachbarreichen geholt. Jetzt übernehme ich. Denn dir vertraut ja niemand mehr. Alle Tiere werden auf mich hören und für mich arbeiten. Du hast abgedankt!"

Er musste Pause machen, denn ein irres Lachen raubte ihm die Luft. Funkelauge zitterte. Da trat Seidenpfote Ponzo gegenüber. „Nein, nein!", schrie Funkelauge. „Er ist skrupellos, wahnsinnig."

„Ärch, wahnsinnig", Ponzo grinste. „Quatsch! ICH HABE ZIELE. Und bin ein wenig ehrgeizig, ja, das könnte man sagen."
„Damit kommst du nicht durch", sagte Seidenpfote.
„Hör zu, Schlaumeier, entweder du gibst mir deine Krone, oder sie ..."
– er zeigte auf Funkelauge und grinste hämisch.

Aus dem Gebüsch hinter Funkelauge sprangen zwei Wasserratten und packten sie. Hopp und Topp versuchten sich an den Waffen, aber sie waren zu klein. Jonny – wo war Jonny?

In dem Moment sah Seidenpfote zu Funkelauge. Funkelauge erkannte, dass er aufgeben wollte. Sie brüllte, schrie und kämpfte. „Nein, Seidenpfote, tu das nicht. Gib ihm nicht die Krone. Sein Heer ist geflohen, er ist allein." „Was willst du machen? Vom Floß hüpfen? Mich mit dieser Wühlmaus angreifen?" Höhnisch zeigte Ponzo auf Wühlmaus, der neben den König getreten war.

„Nein, mein Lieber. Du wirst mir nun die Krone geben und mir mit deiner Wühlmaus da als Schoßtier dienen. Denn ich bin der geborene Herrscher. Jaaaa, ICH WERDE HERRSCHEN!"

Ponzo schüttelte seine Faust, die Krallen klapperten.

„FLOMPS".

Jonny hatte unbemerkt Anlauf genommen, war in die Luft geschnellt, hatte Kurs auf Ponzo genommen und sich aus dem Flug wie ein Torpedo fallen lassen. Er war auf Ponzos Floß aufgeschlagen – der Aufprall katapultierte Ponzo in die Höhe. Er segelte in hohem Bogen durch die Luft und landete kopfüber im Wasser. Gurgelnd tauchte er auf, aber sein teurer Mantel zog ihn grausam nach unten. Sein Kopf ging unter, kam wieder hoch. Seidenpfote wollte ins Wasser hechten und der Wasserratte helfen. Funkelauge stieß einen Schrei aus und riss sich frei. Hopp und Topp bissen den beiden Wasserratten, die Funkelauge festhielten, in die Waden, Funkelauge verteilte noch zwei Kinnhaken (wie undamenhaft) und war frei.

Mit Hopp und Toppp rannte sie am Ufer längs auf Seidenpfotes Floß zu.

Und so sahen der König, Wühlmaus und das weitere Gefolge zu, wie Ponzo kämpfte. Er ruderte gegen den schweren Brokatmantel an, der ihn nach unten zog, bekam ein Stück Holz zu fassen, das ihn gerade so über Wasser hielt. Wütend schüttelte er seine Faust und schrie etwas, das klang wie „ich bin noch nicht fertig mit dir“. Da aber kam ein zugegeben etwas magerer, aber schnell fallender Möwenhintern von oben auf Ponzo hinab und drückte ihn unter Wasser. Die Zuschauer jubelten. Ponzo verlor das Holz, wurde vom Möwenhintern noch weiter unter Wasser gedrückt, kam wieder nach oben, holte tief Luft, bevor ihn sein luxuriöser Mantel wieder hinab zog. Schließlich bekam er das Holz wieder zu fassen, und die Tiere des Flussreiches sahen zu, wie er ans Holz geklammert in die Nacht trudelte. Ein letzter Blick auf seine sinkende Faust, eine spitze Schnauze … und Ponzo glitt für immer aus ihrem Leben hinaus in eine unbestimmte Zukunft.

KAPITEL 12
AM LAGERFEUER

In dieser Nacht ging niemand früh schlafen. Ponzo nicht, denn er trieb ja den Fluss hinab. Und Wühlmaus nicht, weil er es nicht leid wurde, am großen Lagerfeuer allen wieder und wieder von seinen Abenteuern mit König Seidenpfote zu berichten. Um ihn herum saßen Hopp, Topp, Jonny, die restlichen Mannen des Königs und ganz viele Tiere des Flussreiches, die sie mit ihrem erfolgreichen Kampf aus der Gefangenschaft Ponzos befreien konnten. Jawohl: Ponzo hatte all die Tiere verschleppen lassen, die ihre Abgaben nicht oder nicht pünktlich bezahlen konnten. Davon hatte ja die Feldmaus Mia erzählt – wie weit das zurücklag, dachte Funkelauge. Aber nicht nur das: Ponzo hatte noch viele andere Gründe gefunden, um Tiere zu verschleppen. Denn mit seinen Wasserratten allein konnte er das riesige Heereslager im Moor nicht betreiben. Er brauchte Gefangene, die ihn und alle anderen Wasserratten bedienten.

Die befreiten Tiere saßen abgemagert, aber glücklich am Lagerfeuer und lauschten Wühlmaus. Aus den Vorräten hatten sie ein wunderbares Festmahl zubereitet. Und die flinksten Pfoten unter ihnen waren aus dem Moor hinaus und durch den Wald hinaus gelaufen, um alle Tiere des Flussreiches, die sie an diesem Abend erreichen konnten, zum Festmahl einzuladen. Sie verbreiteten außerdem die frohe Kunde, dass nun alles besser werden würde. Denn der königliche Berater Ponzo war als ein Wahnsinniger entlarvt worden, der alle Macht im Reich an sich reißen wollte. Dafür hatte er den König betrogen, die Tiere mit Abgaben gequält, sie fast verhungern lassen, Gefangene gemacht und in seinem Heerlager zur Arbeit gezwungen, er hatte Brücken, Wege und Felder zerstört. Kurz gesagt, hatte er alles getan, damit das Flussreich zugrunde gehen musste – um dann alle Vorräte und damit die Macht über alle hungrigen Mäuler im Reich zu haben. Er war hinterlistig und durch und durch böse. Aber jetzt konnte er sich mit den Fischen um das Futter balgen, denn seine Reise im Fluss würde sicherlich nicht so bald enden.

Auch das erzählte Wühlmaus allen Tieren, die ihm zuhörten: Er hatte längst den irren Plan Ponzos durchschaut und belehrte nun alle Tiere ums Lagerfeuer, wie alles zusammenhing und wie er, der schlaue Wühlmaus, mit seinen klugen Gedanken die Pläne Ponzos erkannt hatte. „Von Anfang an war klar, dass etwas nicht stimmen konnte", belehrte er die mit großen Ohren lauschenden Tiere um ihn herum. „Der Plan war so schurkisch wie genial zugleich: Wenn das Reich erst einmal in größter Not ist, wenn die Tiere Hunger leiden und nicht mehr ein noch aus wissen, dann geben sie die Schuld natürlich ihrem Herrscher – also dem König. Und mit den unzufriedenen Tieren im Rücken hätte Ponzo den König vertrieben und die Herrschaft an sich gerissen", führte Wühlmaus weiter aus. Die sabotierten Brücken, die flugunfähigen Möwen, die kaputten Wege, die hohen Steuern, die lähmende Angst im Reich – das alles hatte nur einen Zweck gedient: das Reich in eine Hungersnot zu stürzen und an den Abgrund zu bringen und damit Ponzo die Macht in die Hände zu spielen. Dass er mit den Steuergeldern, die er ohne Wissen des Königs eingetrieben hatte, nur sein Wasserrattenheer, seinen luxuriösen Lebenswandel und seine albernen Klamotten bezahlte, statt das Reich aufzubauen, störte ihn dabei nicht. „So ruiniert man ein Reich und zerstört die Treue der Untertanen zu ihrem König – ein schlimmer Plan", brummelte Wühlmaus, während die anderen Tiere ehrfurchtsvoll lauschten.

Dicht an Wühlmaus' Seite saß ein kleines Vogeljunges mit dick aufgeplusterten Federn: unser Meischen. Es hatte Wühlmaus alles erzählt und ihn um Vergebung gebeten. Wühlmaus, der grantelige, brummelige, besserwisserische Wühlmaus, konnte nicht anders: Die Meisentränen rührten sein Mäuseherz, und er vergab dem Meischen alles. Fortan wurden sie – so erzählt man sich noch heute im Flussreich – unzertrennlich.

Gerade hörten das Meischen und viele andere Tiere ihm bewundernd zu. Dann und wann hoben sie ihre Köpfe und lauschten in das Moor. Aber Hopp und Topp konnten sie beruhigen: „Es gibt wirklich keine Moorgeister! Das waren doch nur wir beide, die den Wasserratten Angst machen wollten." Jonny gickerte zufrieden zu diesen Worten und erzählte von seinem unglaublichen Flug als Geist – so lange, bis alle herzhaft lachten.

Etwas abseits von allen, dort, wo der Schein der Flammen sanft das Dunkel der Nacht küsste, wo die Glühwürmchen die Befreiung des Flussreiches mit ihrem Lichterzauber feierten, dort saßen Seidenpfote und Funkelauge. Sie hatten sich viel zu erzählen. Jeder von ihnen hatte eine weite und aufregende Reise hinter sich, und so saßen sie ganz nah beieinander und schilderten ihre Erlebnisse. Wenn es spannend wurde, schlugen ihre Otterschwänze aufgeregt im Takt, berührten sich, und jedes Mal wurde beiden ganz warm unter ihrem glänzenden Otterfell. Und gerade, als sich Seidenpfote wieder einmal besorgt fragte, ob er eine seltsame Krankheit hatte, da schmiegte sich Funkelauge an ihn und blickte ihm tief in die Augen. Die Glühwürmchen glühten extra hell, die Grille zirpte leise eine Weise – und es war um ihn geschehen. Dieses Funkeln … Seidenpfote strich sich seine Stirnlocke in Form, schaute, ob jemand ihn sah – und hauchte Funkelauge einen Kuss auf die Otterschnauze. Einen dieser Otterküsse, von denen man sagt, dass sie ganz besonders nass sind.

Vielleicht eine gute Gelegenheit, sich leise aus unserer Geschichte zu stehlen. Kommt Ihr?

EIN PAAR ERKLÄRUNGEN ZUM SCHLUSS

Was macht ein Land reich?

Nehmt einmal einen Atlas aus dem Schrank oder schaut Euch im Internet eine Weltkarte an. Was seht Ihr? Viele, viele Staaten, Länder, wie ein Flickenteppich über die Welt verstreut. Und jetzt schaut Euch einmal ein paar von diesen Ländern näher an: In Belgien beispielsweise sind sogar die Autobahnen beleuchtet. In vielen Staaten Afrikas dagegen gibt es noch nicht einmal Autobahnen. In Deutschland haben fast alle Menschen ein Dach über dem Kopf, fließend Wasser, Elektrizität und Heizung – Luxus, von denen manche Menschen in anderen Staaten nur träumen. Aber wie kann das sein?

Habt Ihr Euch schon einmal gefragt, warum manche Länder über Autobahnen, fließendes Wasser, Heizung und Strom verfügen, während die Menschen in anderen Ländern in Wellblechhütten wohnen und nicht einmal eine Toilette haben? Wie kann denn so etwas sein? Niemand lebt gerne in einer Wellblechhütte, jeder möchte gerne Wasser, Elektrizität und Heizung – aber wieso hat das dann nicht jeder? Warum also sind manche Staaten reich, wohlhabend und leben im Luxus, während andere Staaten arm und bedürftig sind?

An den Menschen selbst kann das eigentlich nicht liegen: Jeder möchte gerne ein besseres Leben, und jeder ist bereit, dafür auch etwas zu tun, zu arbeiten – aber warum gelingt das in manchen Ländern besser, in anderen nicht so gut? Unsere Geschichte über Funkelauge, Seidenpfote und Ponzo enthält ein paar Ideen, was ein Land braucht, um wohlhabend zu werden: Sparen, Investieren, Arbeiten, Straßen, Verkehrswege, Handel – all diese Sachen, so glauben viele (schlaue) Menschen, haben etwas damit zu tun, wie gut es einem Land geht. Und ein paar dieser Ideen wollen wir uns im Folgenden einmal zusammen anschauen. Lust darauf?

Arbeitsteilung

Die Tiere des Flussreiches haben eine wichtige Entdeckung gemacht: Jeder tut das, was er am besten kann. Nicht alle Tiere jagen, säen oder ernten, einige von ihnen bewachen den König, andere – unsere Möwen – versorgen das Reich mit Post und arbeiten deswegen nicht auf dem Feld. So sieht das im Reich aus:

Außerdem wurden von diesen Vorräten die Tiere für ihre Arbeit entlohnt, die nicht auf den Feldern arbeiten konnten, wie zum Beispiel die Palastwachen. Sie schützten den König und das Reich, tagein, tagaus, das ganze Jahr hinüber. Sie hatten keine Zeit, selbst ihre Flussgerste anzubauen. Aber auch sie mussten essen. Oder die Möwen der königlichen Luftpost: Sie flogen mit ihren Beuteln voller Briefen und Päckchen unentwegt über das Land, das war anstrengend. Auch sie hatten abends großen Hunger. Also bekamen sie ihre Rationen aus der Kornkammer, und alle Tiere des Reiches waren damit sehr zufrieden.

Die Idee, dass jeder das tut, was er am besten kann, und dann anschließend die Früchte seiner Arbeit tauscht, ist so mächtig, dass Menschen das fast automatisch tun, wenn sie zusammenkommen. Und diese Arbeitsteilung ist ein Schlüssel zu mehr Wohlstand. Überlegt einmal: Wenn jeder das tut, was er am besten kann, dann kommt dabei am Schluss doch wesentlich mehr heraus, als wenn jeder alles selbst machen muss. Oder wollt Ihr Euch im Ernst Euer eigenes Getreide anbauen und damit Euer eigenes Brot backen? Genau, das klingt nicht klug. Da haben wir eine erste Idee, was Staaten reich macht: Arbeitsteilung.

Die Idee der Arbeitsteilung ist so mächtig, dass Menschen sie auch dann verfolgen, wenn es über die Grenzen des eigenen Reiches hinaus geht – das nennen wir dann Handel.

Handel

Die Tiere betreiben, wie unsere Geschichte zeigt, einen schwunghaften Handel mit den Nachbarreichen:

Die Tiere hatten Tauschhandel mit den Nachbarreichen betrieben und so waren Güter und Arbeiter an den großen Fluss gekommen, die es im Flussreich selbst nicht gab ....

Einst hatten die Biber aus dem Norden den Palast errichtet. Otter selbst sind ja nicht unbedingt für ihren Hochbau bekannt. Sie bauen eher unter Tage, beziehungsweise legen ihren Otterbau mit einem Zugang unter Wasser an.

Genauso geht das: Die Biber vom anderen Reich bauen den Palast, und im Gegenzug bekommen sie dafür von den Bewohnern des Flussreiches andere Sachen, beispielsweise Flusskresse, die sie selbst nicht herstellen können oder nur unter großem Aufwand. Der Unterschied zwischen Arbeitsteilung und Handel besteht also nur darin, dass Handel Arbeitsteilung ist, die über Grenzen hinweg stattfindet. Die Idee des Handels erklärt, warum wir in Deutschland Ananas essen können, ohne sie selbst anzupflanzen: Wir kaufen sie im Ausland, wo sie billiger hergestellt wird als in Deutschland, und geben dem Ausland im Gegenzug dafür etwas, was wir billiger herstellen können als das Ausland. Das Resultat ist mehr für alle, oder wie es die Flussbewohner erfahren:

All das hatte den Tieren des Flussreiches ein angenehmes Leben ermöglicht. Sie hatten so viel, dass sie in den Nachbarreichen Handel treiben konnten und kleine Luxusgüter mitbrachten.

Nicht alle Menschen finden Handel gut (das wäre das Thema für ein eigenes Buch, warum wir bisweilen so feindlich sind, wenn es um Waren oder Menschen aus anderen Staaten geht), aber die meisten Experten sind sich einig, und viele kluge Studien zeigen: Je mehr ein Land handelt, um so reicher ist es. Das Paradebeispiel ist unsere Heimat, Deutschland: Kaum ein Land hat mehr davon profitiert, dass es seine Waren in andere Länder liefert und aus anderen Ländern Waren kauft als wir. Handel macht Länder wohlhabend.

Rezession oder Wirtschaftskrise

Unsere Geschichte beginnt damit, dass der König feststellt, dass es nicht gut um sein Reich bestellt ist:

„So schlecht ging es dem Reich noch nie, Wühlmaus. Ich verstehe nicht, woran es liegt. Seit Monaten sind keine Futterlieferungen aus den anderen Teilen des Reiches angekommen, und auch keine Nachrichten der Tiere. Unsere Luftpost, die Möwen, lassen sich nicht mehr blicken. Es muss etwas passiert sein. Die Korbmacher bleiben auf ihren Weidenkörben sitzen, weil niemand sie mehr bezahlen kann. Es gibt keine Vorräte zum Tauschen. Ebenso die Spechte: Sie haben keine neuen Holzbauaufträge mehr. Es ist, als ob sich ein großes, unsichtbares Gespenst durch unser Reich frisst und Not hinterlässt. Es muss etwas geschehen. Die Tiere des Flussreiches vertrauen auf mich, ihren König. Ich brauche Deinen Rat."

Was der König hier beschreibt, nennen Fachleute eine Wirtschaftskrise oder Rezession: Plötzlich wird weniger hergestellt, obwohl eigentlich jeder mehr haben möchte und nicht weniger, plötzlich finden viele Menschen – pardon, Tiere – keine Arbeit mehr, obwohl sie arbeiten wollen, plötzlich geht es allen schlechter, obwohl man doch gerne alles tun würde, damit es einem besser geht. Wie kann das denn sein? Ganz ehrlich: So genau wissen wir es nicht immer. Es gibt viele Erklärungen, warum es auf einmal vielen Menschen schlechter geht, obwohl das niemand will, und sie alle haben wahrscheinlich einen Kern Wahrheit. Ein berühmter Mensch beispielsweise erklärte das Auf und Ab im Wirtschaftsleben mit Sonnenflecken: Immer, so die Idee, wenn auf der Sonnen Flecken auftreten (das kommt bisweilen tatsächlich vor), wird das Wetter schlecht und damit die Ernte – das rufe dann eine solche Wirtschaftskrise hervor. Heute hat man viele andere Erklärungen, und eine hat damit zu tun, dass Menschen sparen, investieren und konsumieren. Schauen wir uns das einmal näher an.

Sparen, Investieren und Angstsparen

Die Vermutung der Wühlmaus, dass die Tiere aus Angst sparen und damit das Reich in den Abgrund reißen, stellt sich zwar in unserer Geschichte später als falsch heraus, ist aber grundsätzlich richtig, so etwas kann passieren. Wühlmaus' Idee:

„Ich glaube, die Tiere haben Angst. Und deswegen sparen sie. Das ist sozusagen ein Angstsparen." „Seit ewigen Zeiten schon leben wir Tiere des Flussreiches nach einer Regel: Wir bauen Futter an und ernten. Von der Ernte geben wir einen kleinen Teil ab an die Kornkammer. Das übrige teilen wir Tiere uns auf: einen Teil fressen wir über das Jahr, den anderen Teil tauschen wir, um an andere Güter zu kommen. Wenn wir also Flussgerste anbauen, essen wir einen Teil, den anderen Teil tauschen wir beispielsweise gegen getrocknetes Flussgras, Weidenkörbe oder leckere Wasserlinsen ein." Funkelauge und der König nickten. Natürlich, das wussten sie doch! Ponzo schaute sogar eine Spur verächtlich. Das bemerkte Wühlmaus – wie immer wenn er erst einmal redete – nicht und fuhr fort: „Einen weiteren Teil nehmen wir als Saatgut und pflanzen damit neue Gerste."

Einen Teil dessen, was wir erwirtschaften, geben wir dem Staat (es landet also in der Kornkammer), einen Teil essen oder nutzen wir selbst (weswegen Fachleute das „Konsum" nennen) und den dritten Teil konsumieren wir nicht, sondern sparen ihn, um ihn später zu verwenden („sparen" bedeutet also hier so viel wie „nicht essen", „nicht konsumieren"). Und damit diese Ersparnisse nicht sinnlos unter dem Kopfkissen herumliegen, sorgen wir dafür, dass sie sich in irgendeiner Form vermehren – das nennen wir dann investieren. Unsere Freunde vom Fluss essen also nicht die komplette Ernte, sondern nehmen einen Teil davon, essen diesen nicht (sparen ihn also) und säen ihn aus, um im nächsten Jahr eine höhere Ernte zu haben (das ist die Investition, das Investieren). Wir sehen auch unmittelbar, wie wichtig dieses Investieren ist: Je mehr wir aussäen, umso mehr ernten wir im nächsten Jahr, umso mehr können wir im nächsten Jahr konsumieren. Es ist diese Fähigkeit, heute etwas zu sparen und zu investieren, die uns langfristig reicher macht.

Aber dieses Sparen kann auch zum Problem werden, hören wir dazu noch einmal Wühlmaus:

„Man könnte auf die Idee kommen, wenn ein schlechtes Jahr vorausgesagt ist, oder etwas anderes Angst verbreitet, mehr zu sparen und nur das Nötigste im Tausch zu erstehen, weil man so viel wie möglich selbst sparen möchte." „Im Strumpf unter dem Kopfkissen", kam es von Funkelauge. Sie musste an ihre Großmutter denken, die immer einen Sack voll Vorräte unter ihrem Kissen gehabt hatte, für schlechte Zeiten.

Das klingt nicht gut, ist es auch nicht: Was, wenn wir das, was wir nicht selbst essen (also konsumieren), nicht investieren, sondern unters Kopfkissen packen? Gründe dafür gibt es immer, man hat Angst, erwartet schlechte Zeiten, vielleicht denkt man, das Investieren lohnt sich nicht – kurzum, die Ersparnisse werden nicht investiert, sondern unter dem Kopfkissen gebunkert, weil man sich vor schwierigen Zeiten ein Polster zulegen will. Dann kann in der Tat der turchtfare Feufelskreis, Entschuldigung, der furchtbare Teufelskreis entstehen, den Wühlmaus beschwört:

„Wenn alle wie wild anfangen zu sparen, keiner mehr beispielsweise Extra-Saatgut in die Erde bringt, können keine größeren Ernten mehr eingefahren werden." ... „Das heißt, du gehst eben nicht zu deiner Lieblingsnachbarin, die diesen wunderbaren Seerosennektar herstellt und besorgst dir welchen." „Nein". Immer noch traurig schüttelte Funkelauge den Kopf. ...„Das wiederum heißt," setzte Wühlmaus erneut an, „dass deine Nachbarin nicht soviel Nektar verkaufen kann wie sonst." „Stimmt." „Dein schlechtes Jahr wirkt sich also auch auf sie aus. Daher wird sie ebenfalls sparen und sich keinen Luxus erlauben, sondern zusehen, dass sie ihre Vorräte für den Winter zusammenhält." „Aaaah ja." „Wir sind noch nicht fertig", fuhr die Maus fort. „Wenn nun die Seerosennektardame ebenfalls spart und beispielsweise keine Weidenkörbe mehr kauft, in denen sie die Seerosenblüten gesammelt hat, weil sie die gar nicht mehr braucht, kommt auch der Weidenkorbmacher in Bedrängnis und fängt ebenfalls an zu sparen." ...

„Wenn alle anfangen zu sparen und nur noch das Nötigste herstellen und nicht mehr tauschen, dann bleiben alle auf ihren Tauschwaren sitzen. Dann werden sie noch weniger herstellen. Denn jeder bekommt Angst und fängt noch wilder an zu sparen. Es wachsen dann also die Sockenberge unter den Kopfkissen, aber es findet kein Handel mehr statt. Und wenn kein Handel mehr stattfindet, wenn niemand mehr tauscht, wird immer weniger hergestellt, und wenn weniger produziert wird, wird noch weniger getauscht, und – Wühlmaus, das ist furchtbar! Ein ganz furchtbarerer Teufelskreis. Wir müssen die Socken unter den Kopfkissen hervorholen!"

Das stimmt: Wenn jeder beginnt, seine Ersparnisse unter die Kopfkissen zu stecken, statt zu investieren oder sie in andere Güter umzutauschen, dann kann das eine Lawine auslösen: Funkelauge kauft keinen Seerosennektar mehr, weswegen ihre Nachbarin weniger Nektar verkauft und daraufhin auch weniger konsumiert respektive bei ihren Nachbarn einkauft. Die Folge ist, dass jeder weniger konsumiert und tauscht und mehr unters Kopfkissen legt. Und so versiegt der Wohlstandsquell namens Arbeitsteilung, den wir bereits kennen gelernt haben, und wir bekommen eine Wirtschaftskrise. Der König hat recht: Man muss dann also irgendwie die Socken unter den Kopfkissen hervorholen.

Animal spirits (Tierische Instinkte)

Als der König ins Dorf eilt, greift er zu einer kleinen List: Statt den Tieren offen zu erzählen, wie groß die Not ist, spricht er von einem kleinen Rechenproblem – um Panik im Flussreich zu vermeiden. Das ist clever. Ein berühmter Mann hat dafür mal den Ausdruck „animal spirits" geprägt, was so viel heißt wie „tierische Instinkte" (wie passend). Gemeint ist damit folgendes Problem: Wenn alle *glauben*, dass die Lage des Landes schlimm ist, dann geraten sie in Panik. Man spart, gibt kein Geld mehr aus, investiert nicht mehr, sondern steckt alles unters Kopfkissen – wie gerade eben erläutert. Passiert das, dann bricht über das Land in der Tat eine Krise herein, die nur dadurch entsteht, dass alle *befürchten*, dass eine Krise bevorsteht. Das muss man sich ein wenig vorstellen wie bei einem kleinen Scherz: Stellt Euch auf einen öffentlichen Platz und schaut angestrengt in die Luft. Wetten, dass bald andere Menschen, die vorbeigehen, auch in die Luft schauen? Vermutlich werden sie das auch dann noch tun, wenn ihr ein Schild aufstellt, auf dem steht, dass es da oben absolut nichts zu sehen gibt. Wenn wir sehen, dass andere Menschen etwas machen, dann neigen wir dazu, das nachzumachen.

Wenn wir also sehen, wie Menschen angsterfüllt ihre Vorräte hamstern, weil sie eine Krise fürchten, dann werden wir uns rasch dabei ertappen, dass wir auch Vorräte hamstern. Ein Indianer-Witz handelt davon: Der weise Häuptling wird gefragt, ob es ein harter Winter wird. Er hat keine Ahnung, denkt sich aber, dass Vorsicht besser ist als hungern, und rät, Vorräte zu sammeln, weil es ein harter Winter werde. Die

Indianer hören auf ihren weisen Häuptling und beginnen, Vorräte zu sammeln. Mit schlechtem Gewissen ruft der Häuptling heimlich beim Wetterdienst an und fragt, ob man denn wisse, ob das ein harter Winter werde. Bestimmt, sagt der Wetterdienst. Woher man das wisse? Na, man habe untrügliche Zeichen entdeckt: Die Indianer sammeln Vorräte für einen harten Winter.

Schulden und Staatsschulden

Der König erinnerte sich an die Geschichte mit dem Waschbär und wie der Schulden machte, und so will auch er es mit der Haselkönigin machen:

„So könnt ihr es auch mit den Vorräten machen: Ihr bittet um Vorräte und bietet an, mit einem Schuldschein zu versprechen, die Vorräte dann zu bezahlen, wenn ihr es wieder könnt. „Das stimmt. Ich könnte die Königin des Haselreiches um einen Sack Nüsse bitten, und fragen, ob ich ihn erst im Herbst zurückgeben könnt." „Richtig" „Ihr überseht eines", endlich sprach Wühlmaus wieder. „Ihr könnt sie nicht in Nüssen ausbezahlen: Wir haben im Flussreich nicht genug Nüsse." …

„Euer Majestät müssen mit ihr verhandeln. Fragt sie, was sie für die Nüsse haben möchte. Vielleicht ist sie ja sehr dankbar, wenn ihr statt den Nüssen eine gute Portion unserer Wasserlinsen zurückgebt. Denn eigentlich schuldet ihr der Königin ja nur den Wert von den Nüssen." So ging also Handeln, der König verstand. Was war das nur für ein kluges Ottermädchen.

„Ihr schlagt der Königin des Haselwalds vor, ihr etwas zu geben, was dem Wert ihrer Haselnüsse entspricht. Beispielsweise die gute Portion Wasserlinsen, oder eingemachten Froschlaich, der hält sich über den Winter, oder einen wunderbaren Weidenkorb. Irgendetwas, was sie anstatt von Nüssen annehmen würde."

Im Unterschied zum Waschbär, der sich als Privatmann bei seinen Mitbewohnern verschuldet, nimmt der König Schulden für sein ganzes Reich auf. Wenn (anstelle von Königen) Regierungen, also Staaten, Schulden machen, dann spricht man von Staatsverschuldung. Der Staat leiht sich Geld oder Mittel, um damit seinen Aufgaben nachzukommen – und eine dieser Aufgaben ist es natürlich, seine Bürger vor Hunger und Not zu schützen.

Nun ist das im Falle des Flussreiches recht schwierig: Von welchem seiner Untertanen soll sich der König denn etwas leihen, wenn diese doch selbst alle wenig haben? Klarer Fall, da bleibt nur der Gang in andere Königreiche, die mehr haben als das eigene Reich – das nennen wir dann Auslandsverschuldung. Indem der König Schulden im Ausland macht, also sich von der Haselkönigin Futter und Saatgut leiht, kann sein Reich zu Hause zumindest zeitweise mehr essen und säen, als es selbst hergestellt hat – eine feine Sache. Aber die Sache hat auch einen Haken: Irgendwann muss man ja seine Schulden wieder zurückzahlen, und wenn man nicht klug mit den geliehenen Sachen gewirtschaftet hat, dann kann man diese Schulden nicht mehr zurückzahlen – man ist pleite.

Pleiten

Pleite. Was für ein hässliches Wort, oder?

„Ja, mein König. Ihr müsst handeln." Funkelauge zeigte mit ihrer Pfote zum Fenster, deutete über den Hügel dahinter, an dessen Fuß das Dorf lag, über den Fluss und auf den Horizont, dorthin, wo der König hinter den Hügeln weitere Dörfer und verarmte Untertanen vermutete. „Ihr benötigt JETZT Vorräte, um nicht zu hungern. Die Kornkammer ist leer, das heißt, wir können nicht bezahlen. Wir sind PLEITE." Der König zuckte zusammen. Also das war jetzt doch ein bisschen happig. Pleite? Muss man das so sagen?

Wühlmaus sah das und mischte sich ein. „Funkelauge hat recht und es ist richtig, dass wir das Wort in den Mund nehmen: Das Flussreich ist pleite, wir haben nichts, können nichts bezahlen.

Funkelauge hat schon recht: In dem Moment, in dem man seine Schulden, die man gemacht hat, entgegen aller Versprechen nicht mehr zurückzahlen kann, ist man pleite. Wer vornehm ist, nennt das dann „insolvent". Und wenn ein Staat pleite ist, dann spricht man eben von einer Staatspleite oder einer Staatsinsolvenz, meint aber im Prinzip das Gleiche: Der Staat hat sich Sachen geliehen und versprochen, diese wieder zurückzugeben – kann es aber nicht. Nun ist das im Inland kein so großes Problem für den König: Er erhöht einfach die Steuern und zahlt aus den Steuern die Schulden an seine Bürger zurück. Das klingt wie ein Trick: Der König hat sich von den Bürgern etwas geliehen, was er ihnen zurückgibt, indem er ihnen etwas anderes abnimmt. Kaum

zu glauben, das funktioniert wirklich. Aber nicht mehr, wenn der König Schulden an die Haselkönigin zurückzahlen muss. Auch jetzt kann er sich die notwendigen Mittel von seinen Untertanen mittels Steuer holen, aber jetzt geht das alles an die Haselkönigin – die Bewohner des Flussreiches haben jetzt weniger in der Tasche als das, was sie ursprünglich hergestellt hatten.

Kann der König eine Pleite verhindern? Natürlich, und zwar, indem er das, was er sich bei der Haselkönigin geliehen hat, klug verwendet. Er kann das Futter und Saatgut komplett verputzen, also essen – dann ist es weg. Aber wie soll er dann seine Schulden bei der Haselkönigin zurückzahlen? Kein guter Plan. Wenn er aber das Saatgut aussät, so hat er im nächsten Jahr eine höhere Ernte, und aus dieser höheren Ernte kann er dann die Schulden bei der Haselkönigin zurückzahlen. Und dieses Aussäen, das nennen wir „Investieren". Wenn der König sich also etwas leiht und das investiert, und durch dieses Investieren später reicher wird, sind Staatsschulden kein Problem. Leider sind nicht alle Staatschefs so klug wie Seidenpfote: Sie leihen sich von anderen Staaten, investieren das Geliehene aber nicht, sondern verprassen es. Und sind dann wirklich pleite.

Zinsen und Zinseszinsen

Schulden kann man nicht einfach so machen. Wenn man sich von jemandem etwas leiht, dann muss man es zurückzahlen, und mehr noch: Man muss dem Betreffenden etwas mehr zurückzahlen, als man sich geliehen hat – warum sollte sonst jemand etwas verleihen (außer bei echt guten Freunden)? Die Königin bringt das recht gut auf den Punkt:

Die Königin musste grinsen. „Jetzt zum harten Teil: In dem ich euch Vorräte gebe, beispielsweise Korn, fehlt es mir und meinem Reich. Es kann keine hungrigen Mäuler stopfen und wir können es nicht aussäen, um größere Ernten zu erhoffen. Keine größere Ernte also, und gleichzeitig weniger Futter in der Vorratskammer. Das ist ein Risiko. Stell Dir vor, dieses Frühjahr würden böse Stürme alle Felder zerstören. Dann hätten wir weder eine Ernte, noch große Vorräte.“

Also zahlt der König der Königin etwas dafür, dass sie bereit ist, ihm etwas zu leihen, und das nennt man Zinsen. Und je mehr man sich leiht, umso mehr Zinsen muss man zahlen, klare Sache. Und je länger man sich etwas leiht, umso mehr Zinsen muss man zahlen. Auch das hat die Königin erkannt:

„Nun stellt euch vor, dass ihr am Ende des Sommers nicht alles zurückgeben könnt.“ „Hu, da hat sie recht, die Königin“, fuhr es Seidenpfote durch seinen Kopf: Er musste jetzt so große Mengen für sein ganzes Reich beschaffen, dass es schwierig werden würde.

„Aber das ist nicht schlimm“, beruhigte sie ihn. „Ihr versteht sicher eines: Je länger ihr die Vorräte nicht zurückzahlen könnt, desto länger hält auch mein Risiko an. Daher müsst ihr auch für die längere Zeit Zinsen zahlen.“

„So“, sprach sie weiter, „und jetzt rechen wir das doch einmal durch: Ihr gebt mir für jeden Sack Nüsse oder Getreide eine Handvoll als Zinsen obendrauf. Wenn ihr also 100 Säcke Nüsse bekommt von mir, zahlt ihr mir als Zinsen 100 Handvoll Nüsse. 100 Handvoll, das ist ziemlich viel und füllt genau wieder einen Sack. Ihr schuldet mir also Ende des Sommers 100 und 1 Sack Nüsse. Wenn ihr aber Ende des Sommers noch nicht zurückzahlen könnt oder wollt, dann zahlt ihr nach einem weiteren halben Jahr …“

Seidenpfote unterbrach sie begeistert. Er hatte ihre Idee verstanden und sie gefiel ihm gut: „Dann zahle ich euch im Winter die 100 und 1 Sack Nüsse und für jeden dieser Säcke wieder eine Handvoll Zinsen, also 100 und 1 Handvoll Zinsennüsse."

Was die Königin hier beschreibt, nennt man den Zinseszins-Effekt: Man zahlt Zinsen auf die Zinsen. Im ersten Jahr zahlt der König 100 Handvoll Nüsse als Zinsen, doch wenn er diese nicht zurückzahlt, dann leiht er sich ja sozusagen 100 Handvoll Nüsse zusätzlich von der Königin. Stellt Euch einfach vor, er leiht sich tatsächlich 100 Handvoll Nüsse, damit er der Königin diese als Zinsen zurückzahlen kann, dann muss er auf diese 100 Handvoll, die einem Sack entsprechen, wiederum eine weitere Handvoll Nüsse als Zinsen zahlen – also Zinsen auf die Zinsen. Das kann sehr schnell sehr viel Geld werden, und je länger der König die Rückzahlung der Zinsen aufschiebt, umso mehr Zinsen muss er auf Zinsen und Zinseszinsen zahlen, und umso teurer wird das. Und manchmal kommt es vor, dass Staaten so viele Schulden und Zinseszinsen zurückzahlen müssen, dass sie das nicht mehr können – dann sind sie pleite.

Abgaben und Steuern

So ein Staat, wie ihn unser König führt, tut viel für seine Bürger: Verteidigung (die Palastwache), Nachrichtenwesen (unsere Möwen), Straßen, Schulen, aber auch Schutz der Bürger vor Notfällen (worum es in unserer Geschichte eigentlich geht) – das alles leistet ein Staat, und dazu braucht er Geld. Doch woher nimmt er es? Ganz einfach: Der Staat leistet ja etwas für seine Bürger, also ist es logisch, dass er sich die Mittel, die er braucht, um das alles zu leisten, von seinen Bürgern holt – und zwar über Abgaben. Heutzutage nennt man das Steuern. Jeder Bürger muss also seinen Beitrag dazu leisten, dass der Staat funktioniert. Aber was, wenn der Staat zu viele, zu hohe Steuern eintreibt, so wie in unserer Geschichte?

„Die Wasserratten kommen also nach den Ernten", setzte Mia wieder an. „Sie holen die Abgaben, die unmöglich hoch sind. Wenn jemand das nicht zahlen kann, drohen sie sofort damit, die Tiere in den königlichen Kerker zu schmeißen. Einer ist immer dabei, der das königliche Wappen trägt. Deshalb glauben wir ihnen."

„Oh."

„So geht das seit drei Jahren. Die meisten Tiere mussten so viele Abgaben zahlen, dass ihnen nichts blieb. Im Winter hungern wir und im Frühjahr haben wir kein Korn mehr zum Aussäen. Deshalb sind die Felder leer."

Klarer Fall, wenn der Staat den Bogen überspannt, dann verarmen seine Bürger, vor allem dann, wenn der Staat die Steuereinnahmen verschwendet, oder wie in unserem Fall die Einnahmen von Gaunern wie Ponzo beiseite geschafft werden und dem Volk entzogen werden. Ob es so etwas gibt? Leider immer wieder. Es gibt immer wieder Geschichten von machtgierigen Herrschern, die ihren Bürgern das Geld wegnehmen (und das als Steuern bezeichnen) und damit Prunkpaläste bauen oder andere verschwenderische Dinge damit machen. Das ist ziemlich schlimm: Den Bürgern werden ihre Ersparnisse weggenommen, und dann werden diese für sinnloses Zeugs verbraten, statt sie für wichtige Dinge einzusetzen. Und wenn die Ersparnisse aufgebraucht sind, sieht es im Land so aus, wie Mia es erzählt. Ein kluger und gerechter König wie Seidenpfote würde das niemals zulassen.

Steuern können also, wenn der Staat – pardon, der König – sie klug verwendet, den Wohlstand eines Reiches mehren; wenn sie aber zu hoch werden und verschwendet werden, machen sie ein Land ärmer.

Infrastruktur

Im achten Kapitel wird Funkelauge klar, wie wichtig Straßen, Brücken oder Möwenstationen sind:

„Genau. Es ist auch seltsam, dass der König auf Anraten seines Beraters jede Menge bezahlt hat, damit die Wege, Brücken und öffentlichen Bauten in Topform erhalten werden – wie diese Brücke und auch eure Möwenstation. Aber was sehe ich? Ruinen! Nichts als Ruinen, oder sogar nur Reste. Das sind nur noch Streichhölzer, die da herumliegen." Wie soll ein Reich blühen, wenn es keine Brücken, Straßen und Möwenstationen gibt? Ohne sie kann man nicht handeln, nicht Geschäftspartner suchen oder besuchen, ohne Möwen kann man nicht mit ihnen über die Entfernung hinweg handeln und verhandeln, man weiß nicht, wo wer was kaufen will – kein Wunder, dass das reich am Boden liegt."

Das ist ein wahrer Punkt: Stellt Euch vor, Ihr seid ein Händler und wollt Eure Waren verkaufen – wie bringt Ihr sie denn zu Euren Kunden?

Genau: Über Straßen und Brücken. Und wo diese fehlen, wird es auch nichts mit dem Geschäft, dann könnt Ihr nur an Eure Nachbarn verkaufen. Und auch die Möwenstation ist wichtig: Die Möwen übermitteln Nachrichten, sie ermöglichen es den Kaufleuten, über weite Strecken hinweg zu handeln, Verträge abzuschließen und andere Abkommen zu schließen.

Oder wie wäre es damit: Woher soll ein Kaufmann wissen, wo gerade Bedarf an seinen Waren besteht? Er kann ja nicht einfach auf gut Glück seine Waren in ein Dorf liefern, ohne zu wissen, wo denn Leute – pardon, Tiere – seine Waren gerne kaufen würden. Stellt Euch vor, er liefert frische Früchte ins Biberreich, nur um zu merken, dass die Biber momentan keine Lust auf Früchte haben. Bis er die Früchte in ein anderes Reich transportiert hat, sind sie längst faul. Wenn aber die Möwen ihm sagen, wo und in welchem Reich gerade Früchte gesucht werden, kann er sie ohne Umweg dorthin liefern.

All diese Dingen – Straßen, Brücken, Telefon, Internet (die moderne Möwenpost sozusagen) – nennt man „Infrastruktur", und diese Infrastruktur hilft uns also, besser und mehr zu handeln – zu unser aller Vorteil. Infrastruktur macht ein Land wohlhabend. Kein Wunder, dass Ponzos perfider Plan vorsah, Brücken und Straßen zu zerstören und die Möwenpost lahmzulegen, oder?

Anreize

Jetzt haben wir eine Menge Ideen kennengelernt, was ein Land reich macht – auch wenn das bei weitem noch nicht alle sind. Aber immerhin, ein paar wichtige Ideen sind das: Infrastruktur, Steuern, Arbeitsteilung und Handel machen ein Land reicher. Eine weitere Idee ist das, was Fachleute „Anreize“ nennen. Stellt Euch vor, Ihr sollt Euer Zimmer aufräumen, aber Ihr habt keine Lust dazu. Was kann Euch dazu bewegen, es trotzdem zu tun? Klar, die Aussicht auf eine Belohnung, und das nennt man „Anreiz“ (die Aussicht auf Hausarrest, wenn man nicht aufräumt, tut es natürlich auch, ist aber nicht so nett). Das ist eine wichtige Idee: Menschen arbeiten immer dann, wenn sie denken, dass sie davon etwas haben werden, dass es sie reicher und zufriedener macht, und diese Aussichten nennt man „Anreize“. Und je besser die Anreize sind, umso mehr werden die Menschen – pardon, Tiere – arbeiten, was sie und damit das Land dann reicher macht. In unserer Geschichte sorgen die hohen Steuern und die Terrorherrschaft der Wasserratten dafür, dass die Tiere wenig Anreize dazu haben zu arbeiten, das erklärt auch, warum das Reich immer ärmer wird. Wenn niemand sät (also arbeitet), dann kann auch niemand ernten – das macht uns dann alle ärmer.

Eine Idee, wie man also Lände reicher machen kann, besteht darin, den Landesbewohnern mehr Anreize zu verschaffen, damit sie mehr arbeiten. Weniger Steuern, mehr Belohnungen, mehr Freiheiten, das zu tun, was man gut kann – das alles könnte, wenn diese Idee richtig ist, ein Land reicher machen.

Sicherlich eine gute Idee, aber nur eine unter vielen, denn wie gesagt: So ganz genau wissen wir nicht, warum manche Länder so reich und andere so arm sind. Das ist aber kein Grund, nicht weiter nach Ideen zu suchen, wie man das ändern kann.

DIE AUTOREN

Hanno Beck
Dr., Diplom-Volkswirt, war acht Jahre lang festangestellter Wirtschaftsredakteur der Frankfurter Allgemeinen Zeitung und schreibt nach wie vor für die F.A.Z. Der Bestsellerautor (u.a. „Der große Plan“, „Der Alltagsökonom“, „Die Logik des Irrtums“) ist seit 2006 Professor für VWL und Wirtschaftspolitik an der Hochschule Pforzheim.

Juliane Schwoch
Dr., Kunsthistorikerin, leitet die Presse- und Öffentlichkeitsarbeit des Gutenberg-Museums in Mainz und ist Geschäftsführerin der Internationalen Gutenberg-Gesellschaft e.V. in Mainz. Darüber hinaus schreibt die Journalistin unter anderem Kinderbücher, während neben dem Schreibtisch ihre Labradorhündin stetig neues Material für liebevolle Tierstudien bietet.